'마음의 사건
너머의 숲길'

2023. 4月

함돈균 드림

사물의 철학

사물의 철학

질문으로 시작하여 사유로 깊어지는
인문학 이야기

함돈균 지음

난다

■ **Prologue**

사물에 대하여

'사물'이란 무엇인가. 일단 특정 공간을 점유하고 있는 물리적 실체라고 규정할 수 있으리라. 그러나 이렇게 규정하고 나면 오히려 감당하기 힘든 질문이 제기된다. 실체란 무엇인가. 영어에서 '실체'는 라틴어 어원에 닿은 'substance'라는 말로 사용되고 있다. 의미를 헤아려보자면 무언가의 '바닥을 지지하고 있는 것' 정도라고 하겠다. 하지만 이런 서양식 어원 풀이는 사물에 대한 입체적 이해를 어렵게 만든다. 사물의 '바닥에 내재한' 불변하는 것이 과연 있는가. 난점은 사물을 단지 물리적 대상, 자연과학적 분석의 대상으로 여기는 데서 나온다. 여기서 문제가 되는 것은 인간에게 사물이 갖는 의미, 인간과 사물이 맺는 관계에 관한 몰인식이다.

그런 점에서 철학자 하이데거가 사물을 '도구'라는 영역으로 제한하고, 우리가 살고 있는 세계를 물리적 공간이 아니라 도구 연관들이 맺는 의미의 그물망으로 본 것은 탁월한 관점 전환이다. 그에 따르면 도구는 무언가를 '위해um zu, 쓸모' 만들어졌으며, 도구가 지시하는 쓸모들이 모여 쓸모 연관성의 그물을 만들고, 그 그물망은 도구를 사용하는 이들이 추구하는 삶의 목적 또는 의미를 드러낸다. 개인의 삶에서도, 사회와 문명 차원에서도, 인간은 도구들을 '곁에' 두며(발명하며), 도구들의 연계망을 만든다. 도구는 도구가 이루려는 목적을 지시하고, 그 목적이 곧 그/그들의 '세계'다.

더 간명한 방법은 사물事物이라는 한자어가 환기하는 의미의 차원을 생각해보는 것이다. 사물은 일, 사건, 사태를 뜻하는 '사'와 물리적 대상을 뜻하는 '물'의 결합으로 되어 있다. '물'이 정적이며 물리적인 단일성과 공간성에 초점이 맞추어져 있다면, '사'는 동적이고 시간적이며 관계적인 양상이나 사태를 포함한다. 사물은 특정 공간을 점유하는 물리적 대상이지만 그것이 놓여 있는 맥락에 따라, 또 누가 그것을 사용하는가에 따라 전혀 다른 의미체로 변한다. 사물은 인간과 삶의 의미를 포괄하는 관계의 매개물이기도 한 것이다.

사물에는 변하는 면과 변하지 않는 면이 있다. 사회와 문명에 따라 같은 쓸모를 가지고 다른 모양의 사물이 만들어지기도 하며, 인류의 초창기부터 현재까지 전혀 모양이 변하지 않은 완고한 보수성을 지닌 사물도 있다. 쓸모 때문에 만들어졌으나 간혹 그 쓸모가 일반적 효용과는 전혀 다른 차원을 지시하는 사물도 있다.

사르트르는 인간과 사물(도구)의 존재 방식을 구분하면서 사물의 본질은 존재하기 이전에 정해진다고 했지만, 이 견해는 반박될 여지도 있다. 도구 중에는 쓸모에 실패함으로써 존재하게 된 역설적인 것들도 있기 때문이다. 또 그 모양새 자체만으로 한 시대와 문명의 무의식을 드러내는 증상인 경우도 있다. 도구의 주인이 인간이라고 생각하지만, 어떤 도구는 인간의 힘을 빌려 지금 이 시기에 '나타난' 것인지도 모른다. 이 책의 제목이 '도구의 철학'이 아니라 '사물의 철학'인 것도 이 때문이다. 이 '사물'에는 단순한 도구 이상의 자율성이 존재하기 때문이다.

이 책에서 다룬 것들은 사전적 정의나 범주로 보자면 예외 없이 모두 도구다. 그러나 이 사물들을 쓸모의 차원에 종속된, 즉 인간의 의지에 복속된 '노예적 사물'로 보지 않는다. 나는 이 문명의 도구들을 순수한 자연도 순수한 인공도 아닌, 그 사이에서 출현하고 유동하며 인간과 관계 맺는 '사물'의 차원에서 만났다. 『장자莊子』「제물론齊物論」에는 남곽자기가 들었던 땅의 온갖 구멍 속에서 들려오는 다양한 바람소리에 관한 묘사가 등장하는데, 나는 이 사물들을 남곽자기와 비슷한 기분으로 만나곤 했다. 저 존재에서 무슨 소리가 들려오는가.

시인 보들레르는 낙원의 인공성에 관해 얘기하곤 했는데, 인공이 사실상 자연이 된 오늘의 도시인에게 인공 사물과 자연 사물을 구분하는 것은 비현실적이다. 게다가 오늘날 도구들 중에는 이미 아주 힘이 세져서 쓸모와 목적에 관한 인간의 의지와 통제를 벗어나 스스로 진화하고 있는 사물들도 많지 않은가.

보르헤스의 짧은 소설 「알레프」는 아주 작고 신비한 구슬에 관한 이야기다. 그 구슬에는 세계의 모든 광경이 겹치지도 않고 축소되지도 않은 채 깃들어 있다. 하나이면서 모든 것을 담고 있는 그 구슬은 한 각도에서 세계의 모든 시각을 엿볼 수 있는 만화경이다. 신적인 눈의 비유일 수도, 한 떨기 꽃에서 우주를 본다는 불교의 화엄華嚴 같은 것일 수도 있다. 비평적 글쓰기로서 '시적인 것'에 관해 늘 생각하며 사는 나에게 그 구슬은 어떤 시적 순간에 관한 이미지이기도 했다. 비평적 태도에는 논리가 결부될 수밖에 없지만, 지성의 논리로는 닿을 수 없는 사물의 신비와 조우할 수 없다면 비평은 메마른 합리주의에 국한되고 만다. 그것은 시뿐만 아니라 사물에서도 마찬가지다. 벤야민이 보여주었던 태도처럼 비평가에게 시의 신비와 사물의 신비는 구별되지 않는다.

동학東學의 스승이었던 해월 최시형은 '경천敬天·경물敬物·경인敬人'이라고 해서 사람뿐만 아니라 사물 또한 존중해야 한다고 말했다. 사물에 대한 존중은 사유하는 인간의 제1덕목이다. 문명의 불안정성이 엄청나게 커졌을 뿐만 아니라 인간에 의해 지구 전체가 생태적 위기에 처한 지금 그 어느 때보다 우리가 마주한 일상의 사물들이 무엇인지, 무엇이었는지 지극하게 다시 만나는 성찰과 질문의 시간이 필요한지도 모른다. 인간의 가장 반짝이는 얼과 시대의 예민한 증후가 거기에 깃들어 있기 때문이다. 사물들이 내게 그러했던 것처럼, 독자들에게도 이 사물들과의 조우가 일상 속에서 다른 시간으로 통하는 '문'이 될 수 있기를 바란다.

■ 차례

Chapter 2

평범한 물건은 어떻게 철학을 선물하는가

Chapter 3

당신이 상상하는 것처럼 사물은 놀랍다

Chapter 4

사事+물物 : 마음의 사건, 너머의 쓸모

■ **Chapter 1**

지금은 새로운 생각을 시작하기 좋은 시간

가로등 street light
: 신이 모습을 드러낸다면

당신이 도시인이라면 이 사물은 늘 당신의 생활 반경 내에 있을 것이다. 하지만 이 사물의 존재를 비로소 인식하게 되는 건 십중팔구 어둠이 찾아온 다음이다. 어둠과 반대 속성인 빛을 품고 있지만 '어둠에서만 나타나는 빛'이라는 역설을 동반하는 사물. 바로 '가로등'이다.

낮에 당신은 익숙한 길거리를 지나고 있다. 하지만 가로등이 정확히 어디에 있는지 아느냐고 묻는다면 즉시 대답할 수 있을까. 그럼 밤의 길거리를 떠올려보자. 가로등의 존재감은 당신이 움직이는 밤거리 어느 즈음에서 또렷해진다. 그것은 어둠 속에서 한줌의 빛이 가장 절박한 그 순간, 반드시 필요한 바로 거기에 서 있다.

인적이 끊긴 어둠 속에서 섬뜩한 느낌으로 혼자 걷던 골목길, 방향을 제대로 알 수 없는 낯설고 컴컴한 타지에서 운전하고 있을 때. 그제야 우리는 이 작은 빛이 소중한 친구이자 보호자, 먼바다를 건너는 항해사의 등대와 다를 것 없다는 사실을 깨닫게 된다.

그러나 다시 가로등을 생각해보자. 어둠 속에서 드러나는 가로등의 빛이란 미미하기 짝이 없다. 사방을 덮고 있는 밤의 공간적 넓이와 시간적 깊이, 즉 어둠의 총량에 비한다면 이 한 줌의 빛을 과연 '빛'이라고 말할 수 있을까. 겨우 반딧불 같은 이 빛을 다른 무언가를 '비추는' 빛이라고 할 수 있을까.

가로등의 역설은 여기에 있다. 빛은 실낱 같은 희망의 가능성으로 오히려 어둠 속에서 제 존재를 분명히 드러낸다는 사실 말이다. 우리가 어둠 속을 걷거나 음산한 골목길에 있을 때 멀리 있는 가로등을 보며 안도하게 되는 이유는 무엇일까.

가로등은 우리에게 거꾸로 말한다. 어둠 속에서 빛의 진정한 힘은 어둠을 완전히 제거하는 데 있지 않다고. 가로등의 역할은 사방의 어둠 속에서도 빛이 어딘가에 '존재한다'는 사실, 그것을 예감하게 하는 것만으로도 충분하다.

플라톤의 『국가』에는 어둠 속 동굴에 갇힌 사람들의 이야기가 나온다. 모든 사람이 어둠의 공간을 유일한 세계로 알며 살던 중에 한 사람이 천신만고 끝에 밖으로 기어 나와 새로운 세상을 보게 된다. 그의 호기심과 용기를 자극하는 데는 어둠의 틈새로 새어들어오던 머리칼 같은 빛으로도 충분했다.

어둠 속에서 빛이라는 문제를 '희망'에 대한 우리의 일반적 관념과 관련하여 얘기해보자. 당신은 희망을 무엇이라고 생각하는가. 시인 윤동주의 「별 헤는 밤」과 같은 이미지를 떠올릴 수도 있다. 이 시는 마지막을 이렇게 맺는다.

> 그러나 겨울이 지나고 나의 별에도 봄이 오면
> 무덤 우에 파란 잔디가 피어나듯이
> 내 이름자 묻힌 언덕 우에도
> 자랑처럼 풀이 무성할 게외다.

윤동주의 이 시는 순결한 감성과 결벽을 보여주는 청춘의 시다. 그러나 이 마지막 연에 나타난 희망의 이미지는 따져보면 절박한 역사적 현실에 내던져진 사람들의 소망 충족 심리에 근거한 논리적 비약이다. 겨울이 지나면 반드시 봄이 온다는 자연적 질서를 인간의 역사에 대입함으로써 자연의 희망을 삶의 희망으로 바꾸는 마술을 시도하는 것이다. 하지만 인간의 삶은, 역사는, 겨울 무덤가에 봄 잔디가 피어나듯이 반드시 더 나은 삶의 방향으로 '부활'하는 것은 아니다. 한 민족이 처했던 역사적 절박함이 시인의 순결성과 결부되어 비장하고 아름다운 시구를 만들어낸 것은 사실이지만, 이 희망은 잘못된 유비를 진실로 승격시키고 있다는 점에서 어디까지나 말의 마술이지 진실이라고 하기는 어렵다.

희망에 관해서라면, 죽은 것이 다시 소생하는 부활이 문제라면, 차라리 가로등의 형상을 생각해보는 것은 어떨까. 가로등의 힘, 가로등의 희망 말이다. 희망의 문제와 관련하여 중요한 것은 빛의 양이 아니라 빛의 방향이다. 일반적으로 가로등은 가늘고 긴 몸통 위에 빛이 발산되는 머리가 밑으로 구부러진 형상을 하고 있다. 빛의 얼굴을 한 존재가 땅을 굽어보는 듯한 모습이다. 굽어보는 얼굴의 빛은 아래로, 그러니까 낮은 자리로 발산되며 가능한 한 제 주위를 평등하고 넓게 비추려는 것처럼 보인다. 그 자리는 희망을 필요로 하는 삶, 절박한 희망과 깊은 관련이 있다. 그렇다면 가로등의 힘, 가로등의 희망은 그 빛이 가장 낮은 자리로 향하고 있다는 사실에 기인하는 것이 아닐까.

2013년 시사주간지 『타임』의 커버를 장식했고 2014년 한국을 방문하기도 했던 프란치스코 교황의 첫번째 세족식이 화제가 된 적이 있다. 그는 카톨릭에서 예수의 '최후의 만찬'을 본떠 오랫동안 똑같은 형식으로 진행되어온 세족식을 전혀 다른 방식으로 치렀다. 프란치스코 교황은 역사상 처음으로 사제가 아닌 12명의 '아이'를 선택해서 발을 닦아주고 거기에 입맞춤했다. 이들은 모두 '죄 있는 인간', 소년원 재소자였으며 거기에는 여자아이와 이슬람교도도 포함되어 있었다. 아이, 여성, 이슬람교도, 전과자는 오늘날 문명세계에서 가장 소외된 존재들이다. 프란치스코 교황은 취임식에서 교황이 아니라 '예수의 제자'가 되는 게 중요하다고 말했다. 제자가 되기 위해 그는 가장 '낮은 자리'로 임하여 그 자리를 섬기는 자가 되겠다고 했다. 예수의 세족식을 새삼 다시 생각해보게 되는 것도 이 순간이다. 그는 왜 제자들의 발을 닦아주었을까. 발이 신체에서 가장 낮은 자리에 있기 때문이 아닐까. 그렇다면 프란치스코 교황은 역대 교황 중 세족식의 의미를 가장 정확하게 이해한 이라고 말할 수 있을지도 모르겠다.

어둠이 가득한 지상에 신이 잠시 모습을 드러낸다면 어떤 방식일까. 프란치스코 교황의 행보에서 가로등을 본다. 언뜻 거기에서 신의 실루엣을 본 듯도 하다.

거울 mirror
: 네 안에 있는 너보다 많은 것

아침에 일어나 세수를 하려고 세면대로 간다. 세면대 앞 벽에는 거울이 걸려 있다. 부스스한 모습으로 거울을 쳐다본다. '나'가 '있다'. 이 관성적 행위는 어린 시절부터 매일 반복되어왔다. 왜 사람은 수시로 자기 얼굴을 확인하려고 할까.

인간의 아이러니 중 하나는 타인의 얼굴은 볼 수 있지만 자기 얼굴은 거울 같은 도구나 물 같은 매개를 빌리지 않고서는 볼 수 없다는 데 있다. 아침에 일어나 거울을 보는 행위에는 잠들기 전 어제의 나와 오늘 아침 나의 연속성을 확인하려는 무의식이 깃들어 있다. 다행히도 똑같은 나의 얼굴이 있다. 나는 안심한다. 이 안심이 모여 자신에 관한 인식, 즉 정체성을 형성한다. 정체성을 뜻하는 아이덴티티identity에는 '같음' '동질성'이라는 뜻이 담겨 있다. 어제의 나와 일주일 전의 나와 1년 전 나가 (거울에 비춰보니) '같다'는 이미지 인식이 나의 정체성을 형성한다.

그런데 좀 이상하지 않은가. 10년 전 사진 속 얼굴과 오늘 아침 거울 속 얼굴을 비교해보라. 같은가? 20년 전 얼굴은? 어린 소년의 얼굴이 청년으로, 청년은 중년의 얼굴로 변해 있지 않은가. 그뿐인가. 우리는 여러 사진 속에서 시시각각 다른 얼굴을 하고 있다. 웃는 나, 화내는 나, 부끄러워하는 나, 멍한 나! 그렇다면 매일매일 나의 연속성을 확인시켜주는 거울이 실은 '하나의 나'라는 허상을 만드는 인지착오적 도구가 아닌가.

이 점에서 거울은 '아침에는 네 발, 점심에는 두 발, 해질 무렵에는 세 발이 되는 존재는 무엇인가'라고 질문했던 스핑크스의 저 오래된 수수께끼와 대립한다. 이 물음은 4이기도 하고 2이기도 하고 3이기도 한 인간의 여러 모습을 각성시키는 시적인 수수께끼이기 때문이다.

시인 이상이 "내위조가등장하지않는내거울"(「오감도—시제십오호」)을 갖고 싶다고 했던 것도 이 때문이다. 한 시인의 인간 존재 관찰에 따르면 "구부렸다, 폈다, 구부리는 운동 속에서 나는 계속되지 않는다"(김행숙, 「사라지는, 사라지지 않는」). 나는, 인간은 변하는 상황과 삶의 맥락에 따라 달라진다. 정체성은 하나가 아니다. '나'에게는 여러 개의 다른 얼굴이 있다. 당신 안에는 당신 스스로가 생각한 것보다 더 많은 당신이 존재한다.

검은 리본 black ribbon
: 심장에 깃든 사람 인人

검은 리본의 유래를 정확히 따지는 일은 중요하지 않다. 어디에서나 죽은 자를 향해 고개 숙이는 산 자의 의식은 있으며, 오늘날 검은 리본은 그 시간에 동참하는 산 자들의 정서를 대변하는 사물이다.

검은 리본을 단 이는 침묵이 아니라 묵상하고 있는 것이다. 침묵이 외적 상황에 대한 수동적 태도라면 묵상은 상황에 대한 내적 성찰이다. 인간이 통제할 수 없는 죽음, 때로는 죽음을 둘러싼 어처구니없는 세계의 폭력성에 대한 능동적인 반성이기도 하다.

말을 할 수 없는 것이 아니라 말을 하지 않음으로써 산 자가 죽은 자들의 세계에 참여한다. 말들로 이루어진 세계가 산 자들의 세계이기 때문이다. 말에 붙어 있는 온갖 관념 자체가 산 자들의 세계를 지탱하는 요소다. 그러한 관념 중에는 근거 없는 선입견과 이데올로기도 있다. 그러므로 어떤 죽음 앞에서 산 자들은 묵상해야 한다. 애도는 산 자들의 논리를 발설하지 않고 따지지 않으며 제 안으로 삼키는 데에서부터 시작되어야 한다.

리본은 왼쪽 가슴에 단다. 심장이 있는 자리이기 때문이다. 심장은 마음 심心 자를 쓴다. '검은 리본'은 그래서 의미심장하다. 리본은 삼각형 모양으로 가운데 안쪽이 비스듬히 잘려 있는데, 한자 문화권 사람에게 그것은 사람 인 자로 보이기도 한다. 요컨대 검은 리본은 죽은 사람의 형상을 하고 있다.

검은 리본은 검은 나비의 형상이기도 하다. 검은 나비에는 영혼의 부활과 삶의 재생을 기도하는 의미가 서려 있다. 어떤 사회적 참사를 마주하여 사람들은 희망을 포기하지 않는다는 의미로 노란 리본을 달기도 하지만, 이 소망은 색 이전에 리본의 형상 자체에 깃든 기도인 셈이다. 리본은 이미 사람이고 나비이며, 그 안에는 사람이 나비처럼 부활하기를 바라는 기도가 깃들어 있다.

검은 리본을 달고 묵상한다는 것은 무슨 뜻인가. 그것은 죽은 자와 예를 갖추고 만난다는 뜻이다. 죽은 자를 마주할 때에는 산 자의 사회적 "얼굴을 벗"고, 허위의 말을 삼키며, "심장을 꺼내놓"아야만 한다(이영광, 「유령 3」). 당신이 산 자들의 세계에서 어떤 지위를 가졌는지는 하계下界에서 무의미하다. 오직 사람 그 자체로만 만나야 한다. 그때만이 죽은 자를 만날 수 있다.

경첩 hinge
: 도道의 지도리

시인 이상의 시에서 현대는 “사각형의내부의사각형의내부의사각형의내부의사각형의내부의사각형의내부의사각형”(「AU MAGASIN DE NOUVEAUTES」)으로 묘사된다. 건축기사이기도 했던 시인의 눈에는 세계가 건축 도면과 같이 기하학적인 복합체로 보였던 것이다. 이는 백화점이라는 현대 건축물의 양상을 투시한 시적 도면이기도 하다. 큰 박스형의 백화점은 사각형 문과 사각형 창문들의 복합체다. 문을 열고 들어가면 그 안에 또다른 사각형 방들이 즐비하며, 그 문을 열고 들어가면 또다른 사각형 방들이 있다. 이상은 도시를 사각형 문을 계속해서 열고 들어가는 사각형 방들의 연속체로 이해했다.

경첩이라는 사물이 있다. 어떤 종류의 문이든 (미닫이문이 아니라면) 경첩이 있어야 밀고 당길 수 있다. 이상이 그린 저 투시도의 모든 방을 여닫기 위해서도 역시 문에 경첩이 붙어 있어야 한다. 창문도 마찬가지다. 경첩은 문짝과 문틀을 금속판으로 잇고 서로 맞물리게 하여 돌아갈 수 있도록 한 작은 사물이다. 모든 문에는 문과 틀을 잇는 이 작은 맞물림의 요소가 있어야만 한다. 과거에는 돌쩌귀라는 이름으로 암짝은 문설주에, 수짝은 문에 박아 서로 맞추어 꽂았다.

경첩은 건물뿐만 아니라 냉장고, 자동차, 장롱 등 여닫는 문이 달린 모든 것에 필수적인 사물이다. 기능적으로 절대적인 요소지만 크기는 아주 작아서 눈에 띄지 않는 이 사물의 원리는 간단하다. 문짝과 몸체 일부를 대칭형 금속판으로 이어주는 것이다.

문을 여는 일은 문을 뚫거나 부수는 행위와는 다르다. 큰 문을 열기 위해서는 작은 경첩의 도움을 받아야 한다. 작은 문을 열 때도 문짝은 전체 구조와 연결점을 갖고 있어야만 한다. 경첩이 제대로 달린 문은 문짝이 살짝 공중에 떠 있어 아이들도 쉽게 밀거나 당겨 안으로 들어갈 수 있다. 그때 문은 좌우를 가리지 않고 부드럽게 잘 돌아가며 안팎으로 개방된다.

장자는 진리를 도추道樞, 직역하면 '도의 지도리'라고 표현했다. 여기에서 지도리는 경첩을 일컫는다. 이상의 시대나 장자의 시대나 문을 여닫을 때 이 사물이 필요하다는 사실에는 변함이 없다. 문제의 '솔루션'을 찾는 일, 해결의 문을 여는 일도 원리가 이와 비슷하지 않을까.

계산기 calculator
: C 버튼의 메시지

최근 들어 계산기를 자주 사용할 일이 생겼다. 손바닥만한 계산기를 두들기면 어지럽던 연산이 즉각 숫자로 나타났다. 익숙한 사물이지만 요즘 거의 사용하는 일이 없었던 탓에 이 사물과의 만남이 조금 낯설다.

계산기의 숫자는 자릿수가 길든 짧든 에누리 없이 분명해 보인다. 내가 직접 계산기를 두드리든 함께 일하는 이가 계산을 해서 보여주든 사람들은 이 숫자를 '명확한 것'으로 받아들이며, 단 한 치의 오차 가능성도 의심하지 않는다. 간혹 암산한 답과 계산기의 숫자가 일치하지 않으면 우리가 의심하는 것은 자신의 머리지 계산기가 아니다. 그런 점에서 계산기는 소수점 단위의 빈틈도 허용하지 않는 전적인 믿음 아래 존재하는 사물이다. 흥미로운 것은 이 믿음의 역설이다. 계산기는 이 사물을 만들고 사용하는 우리 자신의 머리, 즉 인간의 계산 능력을 불신하게 만든다.

이런 믿음의 역설은 이 사물이 소수점 이하 아주 긴 단위까지 정확하게, 그리고 거의 즉각적인 수준으로 계산해주기 때문에 생긴다. 정확성과 속도 면에서 계산기는 언제나 인간 두뇌를 이기는 사물이 되었다.

마셜 매클루언에 따르면 미디어는 인간 신체의 확장을 뜻한다. 그는 '메시지'라는 용어를 문자나 말이 전달하는 내용이 아니라 신체 확장으로서 미디어가 변화시키는 삶의 모양새와 효과라는 뜻으로 사용한다. 그렇다면 작고 단순한 외형으로 고도의 효율성을 자랑하는 계산기는 뇌의 기능을 연장한 매우 편리한 미디어가 될 것이다.

이때 계산기라는 미디어에서 생각해볼 점 역시 메시지다. 도구에 대한 절대적인 의존은 효율성의 비약적인 증대 이면에 무엇의 약화와 위험성을 가져오는가. 문득 눈에 들어온 것은 계산기의 C 버튼(C는 clear, 즉 삭제를 뜻한다)이다. 정밀하게 연산된 숫자들을 간단히 초기화시키는 C 버튼은 화면을 언제나 원점으로 되돌릴 수 있다. 아날로그시대의 문명은 시간과 과정을 보존한다. 한순간에 모든 게 사라지는 일은 있을 수 없다. 반면 디지털시대의 시간은 계산기의 C 버튼으로 간단히 삭제될 수 있다. 디지털은 0과 1 사이의 기호적 차이 외에 부산물을 생산하지 않는다. 있음有은 없음無의 잠재적 양태일 뿐, '있음'의 무한에 가까운 질적 차이들은 보존되지 못한다. 이 세계에서 존재의 양태는 일시적이고 불안정하다.

고가도로 overpass
: 부조리극의 미장센

미장센mise en scène은 연극이나 영화에서 무대 위나 카메라 속 장면을 시각적으로 조직하고 배치하는 연출 행위 전반을 일컫는 말이다. 연극에서 유래한 이 용어는 하나의 장면이 시각적으로 기획되고 조작된 '인공' 무대임을 내포한다.

버스를 타고 농촌의 어느 들녘을 지나다가 한 촌로가 먼 들판을 가로질러 걸어가는 풍경을 보았다. 하지만 이 풍경은 미장센이라고 하기 어렵다. '자연스럽기' 때문이다. 여기에서 사람은 들판의 일부다. 전경으로 나선 주인공도 배경으로 물러난 조연도 없으며 전체에서 부분을 분리할 수도 없다. 무엇보다도 이 풍경에는 인간의 의도가 개입되어 있지 않다.

도시의 풍경은 반대다. 도시는 그 자체로 거대한 미장센이다. 도시 풍경은 저마다 다른 시간과 공간에서 생산된 부품으로 이루어진 복잡한 기계처럼 파편적인 요소들로 분할되며, 개별적이고 어지러운 이미지 조각들로 조립·배치되어 있다. 이 풍경에서는 한 대상이 또다른 대상을 지배하거나 그 대상에 복속되어 있기도 하고, 하나의 오브제가 풍경 전체를 상징하며 암시적 이미지를 거느리기도 한다. 도시의 풍경이 일련의 연극적 배치로 기능할 수 있는 이유도 이 때문이다. 눈에 띄는 강력한 구조물은 도시의 연극적 성격을 적극적으로 드러내는 오브제다.

근대의 고가도로는 도시의 시간에 미래를 도입하고 지상에 천국을 기입하기 위한 상상력의 산물이었다. 기술과 속도, 나아가 전쟁에 열광하기도 한 20세기 초 이탈리아 미래주의자들의 스케치 중에는 고가도로가 흔하다. 산업화를 군사작전의 일종으로 여겼던 당대의 한국 정치공학이 이 사물에 매료되었던 이유 역시 쉽게 짐작된다. 서울 최초의 고가도로였던 아현고가도로의 철거는 이런 점에서 시사적이다. 문명의 시계는 이제 더이상 군사작전 당시로 돌아갈 수 없다.

아직도 서울에는 몇몇 고가도로들이 남아 있다. 근처를 지날 때마다 내가 눈여겨보는 것은 그 위의 도로가 아니라 사시

사철 드리운 고가 아래 그림자다. 이 그림자가 밤의 어둠으로 이어질 때 노골적인 유곽들이 불을 켜기도 했다. 이제는 사람들이 걸어다니는 산책로이자 문화공간으로 개공된 서울역 고가도로 역시 불과 얼마 전까지만 해도 이런 밤그림자를 거느렸다.

보들레르의 시에서 현대 도시의 원형이었던 파리는 창부들의 도시로 그려졌다. 한때 현대성의 상징이었고 지금은 퇴락의 이미지가 된 서울의 고가도로는 이 도시 전체가 발전과 퇴폐가 뒤섞인 연극적 미장센일 수 있음을 일깨우는 사물이다.

골대 goalpost
: 전후반 목표 방향은 정반대다

이 사물은 세로 2.44m인 두 기둥과 그 사이 7.32m의 간격을 가로지른 기둥으로 이루어져 있다. 수직 기둥 두 개를 골포스트라고 하고 이를 이은 기둥을 크로스바crossbar라고 한다. 골포스트와 크로스바의 두께는 12cm 이하다. 골포스트가 지면에 박혀 있어 전체적으로 사각형을 이루는데, 기둥들 '사이'는 텅 비어 있다. 골대라고 불리는 이 사물은 가로 100~110m, 너비 64~75m 정도인 사각 경기장의 양 끝 정중앙에 하나씩 세워져 있다. 뼈대만으로 이루어진 사각 프레임은 기둥들 사이를 비워놓음으로써 2차원 평면을 내부가 있는 3차원 공간으로 입체화시킨다. 빈 공간에는 그물이 쳐져 있다. 이 '비어 있음'과

'그물'은 골대-게임을 둘러싼 오늘날 사람들의 과도한 열광이 어디에서 비롯되는지, 그 심리 원천을 암시하는 것처럼 보인다. 이 사각형의 움푹한 그물은 포획과 결박이 결합된 집단 사냥을 떠올리게 한다. 결국 이 스포츠가 사냥감의 빈틈으로 파고 들어가려는 동물적 본능 또는 지배 욕망을 문명화한 장치임을 노골적으로 드러내고 있는 것은 아닌가.

축구 규칙의 핵심은 상대편 골대에 공을 집어넣는 것이다. 그런데 오늘날 골대를 향한 지구촌의 열광은 상상 이상이다. 자기 팀이 골대에 골을 넣지 못한 날 침체된 거리 풍경, 사람들의 구겨진 표정을 살펴보라. 이만큼 동시적이고 집단적으로 심리에 지대한 영향을 미치는 이슈도 많지 않다. 저 그물 기둥은 사회적 이슈를 간단히 한곳으로 빨아들이고 포획하는 블랙홀이다. 곰곰이 생각해보면 두 기둥 사이 골대에 단순히 공을 집어넣는 일을 위해 천문학적인 비용을 국가 차원에서 지불하며 수년간 그것만을 연구하고 준비하는 전담 팀까지 마련한다는 것은 매우 괴상한 일로서, 문화의 합리 너머 무의식을 드러내는 듯 보인다.

'골대 스타' 음바페는 1억 8,000만 유로, 한화로 2,500억 원이 넘는 연봉과 인센티브를 받는다고 한다(파리생제르맹, 2022). 그는 하루에 6억 8,000만 원, 숨만 쉬고 있어도 시간당 2,800

만 원을 번다. 생산이 아니라 탕진을 위한 삶의 비합리성이 문명의 은밀한 핵심을 이룬다는 일련의 인류학적 관점은 어느 정도 타당해 보인다. 오늘날 자본주의 문명의 최고 이벤트가 된 스포츠야말로 비합리적 에너지로 이루어진 탕진의 놀이다.

이즈음 내가 눈여겨보는 것은 전반전이 지나 후반전이 되면 자기 진영과 상대 진영의 골대 위치가 정반대로 바뀐다는 사실이다. 개인에게나 사회에나 죽기 살기로 덤벼드는 맹목적 목표goal가 지금 있다면 한번쯤 다시 살펴볼 일이다. 오직 그것만이 목표인 듯이 돌진하는 삶을 살고 있다면 잠깐 멈춰볼 일이다. 우리가 좇아야 할 방향은 실은 이쪽이 아니라 저쪽일 수도 있다.

과도 knife
: 껍질은 없다

전통 있는 요릿집의 주방, 소문난 식당의 부엌에서 가장 중요하게 여기는 사물이 무엇일까. 이 물음은 자연의 결실을 인간의 음식으로 바꾸는 결정적인 도구가 무엇인가 하는 질문으로 들린다. 요리는 자연이 인간의 문화로 전이되는 일이며, 이때 식칼은 날것을 가공된 생활세계의 산물로 전환시키는 출발점에 선 도구다.

가공이란 사물의 타고난 몸체를 변형시키는 일이다. 살아 있는 모든 것은 생존하기 위해 무언가를 먹지만 요리는 인간의 고유한 행위다. 인간만이 먹기 위해 자연에 변형을 시도한다. 식칼은 자르고 베고 깎고 다듬고 썰고 저미고 다지며 도려낸다. 식칼의 움직임에 따라 동물과 식물은 고기가 되고 생선이 되며 야채와 과일로 변한다. 그것은 단지 큰 자연물을 작게 만드는 일이 아니라 자연과 분리되지 않은 존재를 인간의 '메뉴'로 가공하고 번역하여 자연으로부터 떼어내는 일이다.

식칼이라 통칭하지만 종류는 용도에 따라 다양하다. 야채를 써는 칼과 고기를 저미는 칼이 다르며 빵을 자르는 칼과 과일을 깎는 칼이 다르다. 대체로 고기를 자르는 칼은 크고 과일을 깎는 칼은 작다. '작은 칼' 과도가 가진 가장 예민한 운동 방식은 깎기이다. 본질이 '깎다'에 있다는 점에서 과도야말로 가장 예민한 칼이다. 깎기 위해 칼날은 껍질이라는 표면과만 접촉하려 한다. 살이나 뼈를 건드리지 않고 열매의 피부만을 덩어리에서 떠낸다. 잘 드는 칼은 열매의 결을 예리하게 감지하고 그에 따라 움직이는 총기를 가지고 있다.

사과를 깎는 과도를 쥐고 있다가 문득 이런 생각을 해본 적이 있다. '껍질'이란 과연 타당한 말인가. 껍질은 '속살'과의 분리 가능성을 전제한다. 도구적 관점에서 껍질은 대체로 불필요하거나 '속'에 비해 상대적으로 덜 중요하다는 인상을 준다. 그러나 사과라는 열매는 본래 덩어리, 나눌 수 없는 유기체로 존재한다. 애초에 사람을 위해 먹기 좋은 속살과 분리된 껍질이 따로 있는 건 아닐 터이다. 그것은 통째로 '하나의 사과'다. 사고의 분리주의는 분리할 수 없는 것을 분별하고 구획하려는 인간의 자의성을 보여주는 것은 아닌가. '껍질'은 (본래) 없다!

구둣주걱 shoehorn
: 신사다움의 뼈대

'상남자'라는 말이 있다. 상남자가 환기시키는 이미지는 마초식의 성격파나 보디빌더식의 육체파와는 다르다. '내면'을 동반한 스타일이라는 점에서 단순히 호방한 성격의 잘생기고 옷 잘 입는 남자를 뜻하지만도 않는 듯하다. 이 내면이 타인과 만나는 순간 풍겨 나오는 에티켓과 관련된다는 점에서 자기중심적 '댄디'와도 다르다. 하지만 그는 신인류 역시 아니다. 요컨대 복고풍 남성이기 때문이다. 정리하자면 '신사답다'는 말이 그 본질에 근접해 있지 않을까. 예전 말로 '그 사람은 신사야!'라고 할 때 즉각적으로 떠올리는 그 신사 말이다.

신사다움을 가장 닮은 사물은 무엇일까. 신사의 패션 아이콘을 떠올려볼 수도 있다. 신사의 패션은 무엇으로 완성되는가. 적절한 핏의 슈트일까. 센스 있는 색깔의 넥타이일까. 이럴 때는 거꾸로 묻는 게 효과적이다. 단 하나가 어그러지면 신사다움을 통째로 망가뜨리는 요소는 무엇일까 하고 말이다.

구두는 결정적인 아이콘이다. 그렇다고 구두의 모양새나 색깔에 좌우되지 않는다. 중요한 것은 신는 습관에 묻어 있는 '태도'다. 꺾어 신은 구두, 그래서 꺾인 자리가 보이는 구겨진 뒤태에서 신사다움은 무너진다. 그런 점에서 신사의 상징은 구두지만, 진정한 신사다움을 유지시키는 사물은 구둣주걱이라고 해야 정확하지 않을까.

구둣주걱은 급해도 신발을 꺾어 신지 않는 여유, 즉 자기 통제력과 관련되는 사물이다. 구둣주걱은 상황 논리에 흔들리지 않고 구두 본래의 '엣지'를 유지하는 힘이다. 구두 뒤축의 모양대로 부드러운 곡선 형태지만 '구두칼'이라는 별칭처럼 정확하게 신발과 발뒤축 사이의 틈을 가르고 들어간다. 구두 축과 발뒤축은 거의 붙어 있지만 신발과 발이 결합할 때는 그 둘 사이에 아주 미세한 간극을 유지하는 거리 감각이 '스타일'을 유지시킨다. 물론 뒤태의 폼을 유지하는 일, 즉 보이지 않는 뒤도 앞만큼이나 일관성이 있어야 한다는 인지는 기본이다.

여유롭지만 스스로 방만하지 않으며, 친절함 속에서도 공사를 구분하고 정확성을 견지하는 태도. 신사다움이란 바로 이런 게 아닐까. 슈혼(shoehorn의 horn은 양과 소 등의 뿔을 뜻한다)이라는 영어명은 재료 때문만이 아니라 스타일과 태도의 '뼈대'를 유지하는 일이 신사다움의 핵심이라는 말처럼 들린다.

내비게이션 navigation
: 머릿속에서 동네 길이 지워지다니

내비게이션은 본래 뱃사람들의 항해술을 뜻하는 말이다. 나침반과 지도, 해도海圖, 별자리의 위치 등이 항해술의 필수 목록을 구성한다. 그렇다 하더라도 가장 중요한 것은 내비게이터 navigator, 즉 항해사의 지도 해석 능력이다.

지도에 '해석'이 필요하다는 말에 주의하자. 해석이란 무엇인가. 해석은 실재와 가상, 원본과 모사본 사이의 차이를 전제로 둘 사이에 벌어져 있는 간극을 메우는 기술이다. 전통적 항해술에서 이 차이는 꽤 컸다. 인간의 발품과 눈썰미만으로 만들어진 작은 종이 그림과 실제 지형 사이의 간극을 생각해보라.

내비게이션이란 말은 이제 우리 삶에 필수 용어가 되었다.

누구나 매일 운전사-항해사가 되니까. 그러나 이 현대적 현상은 이전 뱃사람들의 상황과는 전혀 다르다. 무엇보다 자동차 대시보드에 붙어 있는 이 작은 직사각형 상자는 엄청나게 정교한 정보력을 가지고 있다. 그리고 이제는 더 휴대하기 쉬운 형태로 우리들의 스마트폰 속으로 들어가 있다. 뉴욕의 마천루 틈새에 위치한 작은 도넛가게와 사하라사막을 매주 이동하는 유목민의 부락지, 부산 어느 동네의 꼬불꼬불한 골목길, 이베리아반도의 낯선 국도 위 과속 카메라 위치와 강변북로에서 실시간 발생하는 교통 변화까지 이 작은 시스템이 모두 알고 있다니 꽤나 충격적이지 않은가. 오늘날 지구라는 별에서 진정한 신의 눈을 소유하고 있는 존재는 우주 공간에 떠 있는 수십여 개의 GPS 위성(이것은 미 공군 우주작전전대 소유다!)과 수시로 정보를 주고받는 이 시스템 지도다.

이제 불필요하게 된 것은 운전사-항해사의 지도 해석 능력이다. 원본과 모사본 사이의 간극이 완전히 사라졌는데 무슨 해석 능력이 필요하겠는가. 그리하여 이제 가상은 현실을 대체한다. 운전대를 잡은 당신은 더이상 눈앞의 실제 풍경을 살펴보거나 자신의 머릿속 지형 기억을 활용하지 않는다. 이 가상의 스크린이 그 자체로 리얼리티가 되었으므로 항해사는 당신이 아니라 이 상자가 된다. 20년을 매일 지나다니던 통학길, 출근길을 이 상자의 지시 하나 때문에 처음 보는 꼬불꼬불 골목길로 돌아가는 줏대 없는 일들이 그래서 수시로 일어난다. 운전대에 손을 댈 필요가 없는 자율 주행 시대의 도래는 이 현상의 '끝판왕'이 될 것이다. 이제 지도를 보는 일 자체가 무의미하게 되리라.

노래방이 생기면서 순식간에 노랫말을 까먹게 되었던 경험이 떠오른다. 휴대전화로 연결된 웹에 통으로 저장된 탁월하고 방대한 어학사전이 나타나면서 고등학교 시절보다 영어 단어를 더 기억하지 못하게 되었다. 가족들의 전화번호조차 외우지 못하는 것은 물론이고.

냉장고 refrigerator
: SF적인 저장고

한 외신 기사에 따르면 영화 〈쥬라기 공원〉의 이야기가 완전히 비현실적인 것만은 아니라고 한다. 이 영화에는 공룡의 피를 빨아먹다가 호박琥珀 속에서 화석이 된 모기가 나오는데, 이 모기의 피에서 추출한 유전자로 공룡을 복제한다. 이 기사를 보면서 엉뚱하게도 점심식사용 생선을 보관하던 냉장고가 떠올랐다.

영화에서 공룡 부활의 단초가 되는 피는 모기의 신체를 그대로 보존한 호박에서 추출된다. 그런데 원리만 보면 이런 메커니즘은 냉장고의 냉장 및 냉동 기술과 크게 다르지 않아 보인다. 슈퍼마켓의 냉장 진열장에서 식품을 고를 때 중요한 기준

이 되는 신선도란 인간의 관점에서 먹기 좋은 상태를 뜻한다. 이는 적정 수준의 냉기를 통해 생물의 부패를 저지한 결과다. 생물의 유전자를 가능한 한 파괴하지 않고 보존하는 기술과도 무관하지 않다. 영화에서는 호박 속의 피가 실험실로 가고, 일상에서는 냉장고 속의 동식물이 인간의 뱃속으로 들어가는 차이가 있을 뿐이다.

그래서 이 냉장 기술을 좀더 긴 주기로 사용하게 되면 공상과학영화의 도구가 될 수도 있다. 예컨대 〈에이리언〉 같은 영화에는 엄청난 속도로도 몇십 년, 몇백 년 거리가 떨어진 별로 항해하는 우주비행사 이야기가 나온다. 고작 백 년 이하의 수명을 지닌 인간이 그 목적지에 도착하는 일은 일반적인 방법으로는 가능하지 않다. 그래서 그들은 수년에서 수십 년간 아주 '긴 잠'을 잔다. 이 긴 잠은 죽음과 비슷하지만 부패와 노화가 진행되지 않는다는 점에서 죽음은 아니다.

어떻게 이런 일이 가능할까. 그들의 수면은 적정한 냉동 상태를 유지하는 인큐베이터 안에서 이루어진다. 이러한 발상은 수만 년 전에 지구에 왔다가 극지방에 냉동 상태로 잠들어 있던 외계인이 깨어난다는 식의 다양한 설정에서도 마찬가지다. 냉장고를 물리적 시공간의 한계를 극복한 SF적인 사물이자 완전한 죽음을 유예시키는 신화적 사물이라고 할 수 있는 것은 이 때문이다.

그러나 냉장고가 부활과 보존의 타임머신만은 아닐 것이다. 과연 냉장고라는 저장고가 없었더라도 대규모의 도축과 포획에 기반한 현대의 음식 문명이 가능했을까. 인간의 천국이 동물의 지옥일 수 있다는 생각을 할 때가 있다. '해리 포터' 시리즈의 주인공 해리는 뱀의 언어를 이해하는 능력이 있다. 우리가 그처럼 동물의 목소리를 듣는다면 이 문명세계에 대한 그들의 공포와 증오를 들을 것 같아 무섭다. 편혜영의 「사육장 쪽으로」라는 소설에는 갑작스럽게 아이에게 덤벼들어 아이를 물어뜯는 개 이야기가 나온다. 독자들은, 아니 인간들은 처음에는 개가 미쳤다고 생각한다. 그러나 그 개는 '복날의 개'가 될 운명에 처한 사육장의 개였다. 살기 위해 사육장을 도망쳐나왔던 것이다. 그렇다면 이 개는 미친 것인가. 이건 광기가 아니라 당연한 증오가 아닐까. 벨기에의 동물행동학자 뱅시안 데스프레는 경고한다. 사람이 동물을 응시하는 것처럼 그들도 인간을 응시한다. 동물은 인간을 어떻게 생각하고 있을까. 동물 관점의 인간 응시를 이해하는 것이야말로 미래철학의 과제다.

가축이라는 이름으로 사육되고 도축되는 동물들이 있다. 그들이 끔찍스럽게 증오할 만한 사물 중 으뜸은 무엇일까. 내 대답은 냉장고다.

넥타이 necktie
: 댄디의 매듭

프랑스의 사상가 바타유는 언젠가 동물의 피부(가죽)와 털을 벗겨 몸에 걸치고 다니는 인간의 의복 양식만큼 괴상한 것도 없다고 말한 적이 있다. 따지고 보면 의복 중에는 옷감이 아니더라도 입는 방식만으로도 이상하다 싶은 아이템이 적지 않다. 정장에서 핵심이 되는 넥타이도 그렇다.

사회초년생들이 가장 먼저 배워야 하는 것 중 하나가 넥타이 매듭법이다. 널리 쓰이는 매듭법이라야 몇 가지밖에 되지 않지만, 그걸 다 알고 변주하는 이도 많지 않을 뿐더러 한두 가지 변형에 따라 다른 각이 나오는 넥타이를 매는 일에 익숙해지는 데도 제법 시간이 걸린다.

넥타이 매듭을 배우는 일은 보이스카우트 캠핑 때 배우는 각종 매듭법보다 곤혹스럽다. 목에 걸칠 때의 길이 조절, 조이는 강도, 꼬는 기술, 매듭 후에 주름을 잡는 미묘한 뉘앙스, 배꼽 언저리에 내려오는 길이 조절 등 디테일한 정확성이 필요한 게 이 매듭법이다. 의복의 풍속사에서 보면 영국에서 넥타이가 유행하기 시작할 때 부르주아 계급이 매듭법의 발명자에게 비싼 강의료를 지불했다는 얘기도 있다.

새삼 상기할 만한 사실은 넥타이를 매는 행위가 목 주위에 강한 압박을 주는 일이라는 사실이다. 넥타이를 매는 것은 벨트로 허리를 두르는 행위와는 다르다. 머플러처럼 보온 효과를 지니고 있는 것도 아니다. 이 사물은 기능성의 차원으로부터 이탈하고 오히려 그것을 거슬러 신체 압박 자체를 존재 목적으로 삼는다는 점에서 괴상한 잉여 패션이다. 매듭 매기의 난해함 또한 잉여 양식에 잘 어울린다. 도대체 목을 왜 이렇게 어렵게 꼬아 조여야 하는가?

넥타이 매듭은 역설적으로 정확한 수준의 절제를 가지고 있어야 한다. 정확성과 절제를 갖출 때 유용성 없는 잉여도 미美가 된다. 넥타이를 현대적 의복으로 정착시키는 데 결정적인 역할을 한 이 중 바이런 같은 영국 시인이 있었다는 사실은 이에 대해 암시하는 바가 있다. 그들은 무용성과 난해성에 절제를 결합했다. 그들은 이 괴상한 사물을 '댄디의 매듭'이라고 불렀다.

달 력 calendar
: 거기가 우리가 닿은 처음

한 해를 보내는 것은 늘 아쉽다. 하지만 다시 한 해가 시작된다는 것은 다행이다. 아쉬움과 다행스러움을 우리에게 실감의 차원에서 부여하는 일상 사물이 달력이다. 12월 마지막 달을 지시하는 단 한 장의 달력을 보면서 아쉬움과 허무를 느끼듯, 열두 장이 붙은 새해 달력을 보면 안심이 되기도 의지가 솟기도 한다. 모래시계의 모래처럼 조마조마하게 고갈되던 시간이 새 달력을 통해 마법처럼 재생되었다는 기분이 든다.

인간세계에서는 달력이라는 사물을 통해 시간이 주기적으로 재생되고 재출발할 수 있는 기회가 주어진다. 낮밤이 바뀌면 다시 새로운 하루가 생겨나고, 하루가 일곱 번 모이면 다시 일주일이 생겨나고, 하루가 삼십여 일 모이면 새로운 달이 시작되고, 달이 열두 번 모여서 다시 새로운 일 년이 생겨난다. 과거는 지나갔지만 시간은 달력을 통해 다시 돌아온다는 점에서 달력은 시간의 영원회귀를 가능하게 하는 마술 책이다. 달력은 과거만 재생시키지 않는다. 달력은 아직 당도하지 않은 시간을 미리 당겨서 벽과 책상 위에 숫자로 새겨놓는다. 달력이 없다면 '미래'라는 시간 관념을 실감하기는 어렵지 않을까. 시각화(정량화)되지 않은 시간이란 상상하기 어렵고 예측하기 어려우며, 그것은 인간의 삶을 기획이 불가능한 무시간성의 혼돈으로 빠뜨릴 것이다.

달력은 이미 지나가서 없는 시간과 아직 오지 않아서 없는 시간을 '지금 여기' 내 눈앞 책상 위에 시각적으로 현재화하는 사물이다. 그것은 흘러갔거나 도착하지 않은 미지의 시간을 사각형 종이 위에 가둬둔다. 부재하는 것을 존재하게 한다는 점에서 불가능한 것을 가능하게 만드는 사물이다. 그 '나타난 부재'에 근거해서 인간은 살고 있다.

달력이 생긴 현실적 이유는 인간이 계절의 변화나 자연 운행에서 일정한 질서를 찾아 생존을 영위해야 했기 때문일 것이다. 그러나 농경사회에서 벗어난 지금도 달력의 중요성은 전혀 줄어들지 않았다. 달력이라는 패턴을 통해 인간은 카오스에서

코스모스를 만든다. 달력은 돌이킬 수 없는 시간을 일정하게 반복되는 날짜와 요일과 달과 해로 다시 붙잡는다. 이 사물의 본질은 시간의 비가역성, 즉 우주적 엔트로피를 극복하는 마술에 있다. 이 마술을 통해 주기적으로 재출발하는 시간의 반복이 바로 우리가 '일상'이라고 부르는 것이다.

이미 가버렸거나 아직 오지 않았으므로 '없는 시간'에 기초하여 삶의 지속성을 조직하는 것이 일상이라고 한다면, 일상의 본질은 실재에 기초해 있지 않다는 점에서 어쩌면 허구일 수도 있다. 달력은 자식을 잡아먹는 시간의 신 크로노스처럼 무질서하고 가차없으며 속절없는 우주의 운동을 일정한 패턴을 통해 되돌리고 또는 먼저 마주할 수 있게 하여 기대와 안심을 가져오는 기호판이다. 그리하여 우리는 '일상인'으로서 예측하고 계획할 수 있게 된다.

그런데 정말 이 숫자로 쓰인 열두 장짜리 시간의 책을 반복의 기호라고 말할 수 있을까. 새 달력에서 보는 숫자들, 그것들이 지시하는 요일은 실은 가보지 못한 우주의 낯선 행성들 같지 않은가. 오늘 하루는 어제 하루와 같을까. 이번 주말은 지난 주말과 같을까. 2023년 12월 31일은 2024년 12월 31일과 같을까. 우주의 그 어떤 사건도 전적으로 동일하게 반복될 수는 없지 않은가. 시간이란 유일무이한 생성과 관련한 개념이 아닌가.

매년 봄 꽃망울을 터뜨리는 하얀 목련도, 허무를 발산하며 공중에 흩날리는 벚꽃도, 겨울마다 내리는 눈도 같은 공간에 동일한 방식으로 되풀이되지 않는다. 단지 개별적이고 무질서한 사물들의 사태를 주기적인 질서로 인식하고 안심하고 싶은 인간의 계량화된 관념이다. 니체의 영원회귀, 즉 '같은 것이 영원히 돌아옴'이라는 수수께기에 대한 창의적 해석 중에는 이런 것이 있다. 니체가 얘기한 영원회귀는 물리적으로 같은 일이 일어난다는 뜻이 아니라 늘 새로운 사건이 발생한다는 그 사실이 변함없이 반복된다는 뜻이라고 말이다.

연말이 되면 나는 스케줄러가 있는 아날로그 다이어리를 꼭 한 권 이상 산다. 달력의 세계가 "두 손이 나를 사육"하고 "두 발이 나를 길들"이는 "어제의 힘으로만 도달할 수 있는"(이장욱, 「세계의 끝」) 반복적 일상이어서가 아니다. 새로운 달력에서 발생될 새로운 일들과 도전을 기대하기 때문이다. 내년 달력의 지구는 올해 지구와는 다른 낯선 행성일 것이다. 나는 "거기가 우리가 닿은 처음"(이원, 「우리가 처음 만났을 때」) 시간이라 믿는다.

담배 cigarette
: 이데올로기적으로 숭고한 사물

숱한 작가에게 이 사물의 영향력은 상당하다. 어떤 작가는 창의력을 담보로 메피스토펠레스와 파우스트 사이에 성립된 계약을 수시로 맺곤 한다. 힘든 노동일을 하다가, 험한 훈련을 받다가 이 사물과 만나는 5분의 시간이 더없이 달콤하기도 하다. 극한상황에서 이 사물은 시간의 맥락을 극단적으로 절연한다.

이 사물을 공유하는 순간 사람들은 사회의 서열로부터 분리되어 하나의 동지 의식으로 묶인다. 그런가 하면 어느 학교 화장실에서, 학교 뒤편 야산에서 이 사물을 입에 물고 있는 아이들을 보기도 한다. 아이들은 이 작은 사물을 향유함으로써 사회적 금기를 위반하며 그에 따르는 왜곡된 쾌락을 느끼고 억압에 대한 반발 심리를 작동시킨다. 여기에는 '학생'이라는 사회규범적 정체성을 '어른'이라는 자율성의 시간대로 옮겨가려는 심리가 내포되어 있다.

수십 년 전에는 이 사물을 물고 있는 여성을 보는 것이 낯선 일이었다. 길거리나 버스정류장처럼 타인의 시선에 노출된 공공장소에서는 특히 그랬다. 이 사물을 애호하는 여성들에겐 대학이 그나마 해방구였다. 존경받는 스승이 강의실에서 학생에게 이 사물을 건네며 취향을 공유하던 풍경은 지금도 인상적인 기억으로 남아 있다.

담배라는 사물이 있다. 많은 이에게 순간의 파라다이스를 제공해주는 이 사물을 이제는 '보건복지'의 이름으로 혐오하는 시대가 되었다. 어린 시절 아버지가 외국에 갔다 귀국할 때 외할아버지의 선물로 면세점에서 양담배를 사오던 일이 떠오른다. 영정조 시대를 묘사한 소설에서는 정조가 신하들과 경연 이후에 상으로 담배를 권하는 장면이 나온다. 그에 비하면 지금 담배의 위상은 극단적인 가치 추락이라 할 만하다.

이는 변하는 건 사물이 아니라 사물에 대한 해석, 우리의 인식이라는 사실을 보여준다. 개인적 취향과 기호의 향유를 둘러싼 문제에 그 사물이 유통되는 사회의 억압과 인식론적 허위가 개입되어 있다. 슬라보예 지젝식으로 말한다면 이 시대에 담배는 '이데올로기적으로 숭고한' 사물이다. 담배는 사회의 여러 건강 담론을 압축하고 있으며 국민 건강을 망치는 만악의 근원, 악마적인 대상으로 과잉 승격되어 있다. 담배는 사회적 불행의 진정한 근원을 은폐하고 대리하는 희생제의적 사물이다. 사회(국가)는 삶의 질을 향상시키기 위해 필요한 진짜 문제를 회피하며 이 사물을 사회적 불행의 원인 자리에 슬쩍 바꿔치기해놓는다. "모든 게 저놈, 담배 때문이다!" 이 정치적이며 신화적인 메커니즘 속에서 시민보다는 '군중'의 얼굴이 보인다.

대야 basin
: 낮고 동그란 아가의 시간

물을 담아서 세수나 세탁을 할 때 쓰는 넓적한 그릇을 대야라고 한다. 현대 도시에서는 별도의 세면대를 쓰는 경우가 대부분이라 대야에 세수를 하는 일은 많이 줄었다. 그래도 대야는 여전히 요긴한 사물이다.

갓난아기를 목욕시킬 때 대야는 필수적이다. 세면대에 아기를 놓을 수 없으므로, 대야는 아기의 목욕탕이 된다. 대야는 세상에서 제일 사랑스럽고 연약한 것을 돌보는 공간이다. 잠시도 독립적으로 살 수 없는 벌거벗은 존재에게 대야는 어떠한 위험도 없는 즐거운 물장난, 부모와의 내밀한 눈맞춤, 다사로운 피부 접촉을 제공하는 놀이터가 된다. 내 가장 오래된 기억 중

하나는 대야 속에서 벌거벗고 있는 나를 씻겨주고 있는 어머니의 손이다. 아기와 엄마 모두에게 대야는 세상에서 가장 깨끗하고 사랑스러운 접촉의 원형을 제공하는 사물이다.

의지할 데 없는 한 인간 개체를 또다른 인간이 돌보며, 그 돌봄이 서로에게 절대적인 행복을 선사하는 놀라운 경험은 어떤 자세로 이루어지는가. 대야 앞에서 부모는 무릎을 접고 허리를 굽히며 몸을 동그랗게 만다. 시선은 낮은 자리에 있는 아이에게 맞춘다. 거기에서 내밀하고 달콤한 즐거움이 발생한다.

대야는 발을 씻기 위해 필요한 물건이기도 한데, 이때도 우리는 허리를 굽히고 고개를 숙여야만 한다. 발이 신체에서 가장 낮은 자리에 있기 때문이다. 소년원의 소년과 소녀의 발을 닦아주어 화제가 된 프란치스코 교황의 취임 후 첫번째 세족식에서 대야 앞의 교황도 그런 포즈를 취했다. 그래서 교황을 '아빠Papa/Pope'라고 부르는 것이다. 작고 연약한 인간 존재들이 만나 서로에게 기쁨을 선사하는 순간에 그들은 어떤 포즈를 취하는가. 대야는 낮고 동그랗다. 그 앞에서 우리도 동그랗고 낮게 제 몸을 숙인다.

도로 표지판 road sign
: 손가락만 따라가다가는

'손가락은 달을 가리키는데, 달은 보지 않고 손가락만 본다.' 선사들의 담화에 자주 나오는 얘기다. 사물의 실상과 그것을 지시하는 손가락 사이에는 미묘한 관계가 있다. 우리가 살고 있는 세계는 사물의 실상과 직접 만날 수 있는 기회를 쉽게 허용하지 않기 때문에, 실상에 이르는 길을 지시하는 '손가락'이 반드시 필요하다. 우리가 찾고 있는 그것의 위치를 모른다면 그것이 있는 곳을 알려주는 도구가 필요하다는 말이다. 달이 어디 있는지 모르는 사람에게 달을 지시하는 손가락은 필수적이다. 그럼에도 불구하고 손가락이 지시하는 방향으로 가보면 곧바로 달이 나오는 게 아니라 또다른 손가락의 연쇄로 이어지곤 한다는 사실은 아이러니하다.

도로 표지판은 일상에서 만나는 '손가락'에 해당하는 사물이다. 목적지까지 도로 표지판은 다른 표지판을 지시하고 그렇게 표지판이 계속 이어진다. 내비게이션이 안내를 전담하는 시대가 되었지만 그렇다고 도로 표지판이 아주 불필요한 것은 아니다. 결정적인 갈림길에서는 여전히 표지판으로 방향을 확인하는 경우가 많다.

당황스러움은 낯선 갈림길에서 발생한다. 네비게이션에 의존하여 길을 쫓아가다가 갈림길이 불쑥 나타난다. 표지판도 등장한다. 내가 갈 방향은 왼쪽이라고 표시되어 있다. 그러나 고속으로 달리고 있는 내가 탄 차선은 이미 오른쪽 방향이다. "아 그런데요 표지판은 이미 방향을 바꿀 수 없는 곳에서만 나타났어요"(이원, 「겨울 표지판」).

서점가에는 인생의 목표를 성취하도록 도와주겠다며 표지판을 자처하는 멘토들의 책이 쏟아진다. 그러나 방향에 대한 점검과 선택은 결국은 자기 몫이다. 현명한 가이드를 참조하되, 다른 이가 지시하는 손가락만 쫓아다니다가 주체적인 방향감각을 잃어서는 안 될 일이다.

도마 cutting board
: 거룩한 희생제의

일상의 삶 가운데 인간이 취하는 가장 이상한 포즈가 무엇이라고 생각하는가. 식사를 위해 요리를 하는 인간의 모습, 그 중에서도 칼을 손에 쥐고서 무언가를 썰고 자르는 그 모습은 아닐까. 칼자루 앞에 놓인 그 무언가는 생명체다. 동물이든 식물이든 인간은 일용할 양식을 위해 매일매일 도마 위에 생명체를 올려놓는다. 이런 관점에서 보면 칼을 쥔 손, 요리의 매 순간이 낯설다.

도마라는 사물은 칼과 재료의 몸이 맞부딪히는 물리적 장이며, 재료의 관점에서 보면 몸의 분할이 이루어지는 경계면이다. 그런 점에서 이 사물은 생사의 경사면이라 할 수 있다.

영화 〈제8요일〉에는 '풀은 자를 때 운다'라는 대사가 나온다. 제 몸에 칼이 들어가는 순간 도마 위에 놓인 그것도 울었을 것이다. 생선의 몸뚱이가 갈라질 때, 살과 내장이 발릴 때 도마 위로 피가 쏟아진다. 파와 양파를 자르고 마늘을 으깨고 다질 때 그것들은 냄새를 통해 제 안의 완강한 핵심을 도마 위로 내어놓는다.

나무 도마에는 냄새로, 칼집으로 그 위에 올라왔던 것들의 흔적이 남는다. 다른 것들을 자르기 전까지 냄새는 잘 지워지지 않는다. 칼집의 흔적은 이후에도 도마에 새겨져 기억된다. 사라진 것들이 무존재가 아니라 존재였던 까닭이다. 존재했던 것은 사라지지 않는다. 다만 형상을 바꾸어 한 존재에서 다른 존재로 옮겨갈 뿐이다. 무시무종無始無終이란 그런 뜻이 아닌가. 시작도 끝도 없다. 도마는 그런 말이 단순한 수사가 아니라는 사실을 알려준다. 식물이든 동물이든 잘린 육체는 생사의 절단면 위에서 음식이라는 형태로 바뀌고 사람의 몸으로 옮겨가지 않는가.

거의 모든 종교 기도문에는 '거룩한 양식'에 대한 묵상이 빠지지 않고 나온다. 그 기도문을 인간에게 일용할 양식을 주신 신에 대한 감사 정도로 이해하는 것은 인간중심적 관점일 뿐만 아니라 신을 헤아리지 못하는 일이다. 신이 존재한다면 그는 삼라만상 모두의 신일 것이다. 신이 보기에는 모든 생명이 다 귀할 것이다. 도마 위에 올라온 생명체와 거기에 칼질을 하는 인간 사이에 가치의 서열이 있을까. 산 것들은 사람의 양식이 되기 위해 '고기'나 '야채'로 태어난 것이 아니다.

도마에 밴 냄새와 칼집의 흔적은 인간의 일용할 양식이 한 존재의 죽음을 통해 다른 존재를 살리는 희생제의라는 사실을 환기한다. 그것은 내 몸으로 옮겨온 또다른 몸이다. 모든 희생은 거룩하다.

레 고 Lego
: 다른 것들은 어떻게 같을까

어린 시절 당신을 가장 흥분시킨 장난감은 어떤 것이었나. 인형? 로봇? 일본의 국민 시인 다니카와 슌타로는 자기의 어린 시절을 '공룡'으로 요약하기도 했다. 이렇게 다양한 모두의 놀이 취향에 부합할 수 있는 장난감이 있다면 무엇일까. 아마 레고가 아닐까. 레고로 못 만드는 사물은 없다고 할 수 있으니까.

그 어린 시절의 레고가 아직도 다양한 캐릭터 확장을 통해서 디지털시대의 어린아이들, 심지어는 어른들에게도 여전히 선풍적인 인기를 끌고 있다는 사실은 놀랍다. 1932년 덴마크에서 그 모습을 드러낸 이래 전 세계 어린아이들의 성장 필수품이 된 레고는 라이 거트leg godt의 줄임말이다. 덴마크어로 잘

놀다play well라는 뜻이란다. 레고는 일종의 벽돌brick 쌓기 놀이다. 레고가 처음부터 벽돌 놀이가 된 것은 아니었다. 목공소에서 발명되었을 당시에는 평범한 나무 장난감이었다. 그러던 것이 가업을 이은 가족들의 노력에 의해 1940년대 말에서 1960년대 사이에 오늘날과 같은 플라스틱 벽돌로 진화했다. 이 플라스틱 벽돌의 생산이 레고 인기의 롱런을 가능하게 한 결정적 기술이다. 레고사社의 추정에 따르면 이 기술을 바탕으로 지금까지 4,000억 개 이상의 레고 블록이 생산되었고, 1초에 1,140개씩 생산되는 벽돌은 1년이면 360억 개에 달하며, 전 세계에서 레고 완제품 박스는 1초에 7개, 1시간에 2만 5,000개가 팔린다고 한다. 1년간 레고 벽돌을 조립하는 전 세계 사람들의 시간을 합치면 50억 시간이며, 흥미롭게도 전 세계 자동차 타이어 생산 1위는 미쉐린이나 굿이어와 같은 타이어 회사가 아니라 레고 회사다. 아주 작기는 하지만 레고 벽돌에 들어가는 고무 자동차 타이어가 매년 4억 개나 된다.

레고의 플라스틱 벽돌은 실제 벽돌의 제조 과정처럼 액체로 녹인 플라스틱을 벽돌 모양으로 빚어서 단단하게 굳힌 것이다. 가볍고 탄성이 있으며 강하다. 이 벽돌은 의외로 한정된 몇 개의 색깔과 모양으로 이루어져 있다.

레고 벽돌의 비밀은 견고한 접합과 쉬운 분리에 있다. 단순해 보이지만 고도의 기술력을 통해서 거듭 진화해온 것이다. 몇 개의 기본 벽돌이 간단하지만 견고하게 결합하면서 다양한 사물들의 세계를 만든다. 그리고 쉽게 분리되어 다시 다른 사물과 건축물로 변한다. 여기에서 핵심은 커다란 덩어리가 아니라 덩어리를 이루는 단순 요소들의 무한에 가까운 결합과 분리다. 수학적으로는 9억 개 이상의 다른 배치가 가능하다고 한다.

그렇다면 레고 놀이를 하는 아이에게 가장 값진 경험은 무엇일까. 레고는 우주의 본질에 관해 매우 간단하면서도 흥미진진한 이해를 가능하게 하는 놀이 도구가 아닐까. 일상 공간에서부터 광활한 우주에 이르기까지 세계는 몇 개의 기본 요소로 환원될 수 있는 작은 부분들의 결합으로 이루어져 있다. 세상의 무수한 사물은 겨우 100여 개 정도의 원소들로 이루어져 있을 뿐이다. 의식을 지닌 인간조차 실은 '우주 먼지'의 집합체다.

레고 벽돌들을 결합하고 분리하면서 아이들은 자동차와 집과 우주선과 공룡이 실은 같은 요소들로 이루어진 '다른 것'이라는 사실을 알게 된다. 사물들은 원천적으로 다른 요소로 구성된 존재가 아닌 것이다. 비생명체에 관한 이야기만은 아니다. 구약성경에는 신의 모양으로 빚은 인간의 창조 신화가 실려 있다. 프랑스어로는 오래된 약속ancienne alliance이라고 부르는데, 직역하면 '옛날의 결합(고대적 결속)'이라고 할 수도 있다. 신과 인간의 결합이 옛날의 결합이라고 한다면 레고 벽돌을 쌓는 아이들은 '새로운 결합' 놀이를 하고 있다고 할 수 있지 않을까. 아마 아이들은 이렇게 반박하겠지. 파리와 문어와 공룡과 인간은 똑같은 벽돌로 결합되었다고요!

오늘날 분자생물학은 생명 현상을 창조가 아니라 개별 생물로의 분화 가능성을 담고 있는 분자적 요소들의 배치와 드러남으로 이해한다. 분자생물학의 기초를 놓은 자크 모노의 선구적인 발견에 따르면 모든 생명체는 예외 없이 동일한 종류의 고분자로 이루어져 있다고 한다. 초파리와 인간 사이의 유전적 데이터는 60% 이상 같은 인자로 구성되어 있다. 인간을 포함하여 모든 사물은 어떤 특별한 목적을 가지고 지구상에 현존하는 것이 아니며, 변덕스러운 아이의 예측할 수 없는 레고 놀이처럼 양자적 요동의 불확실성에 의해 결정된다.

레고 놀이와의 차이점이 있다면 유전적 배열은 좀처럼 변하지 않는다는 것이다. 그러나 이 역시 한번 끼워넣으면 특정한 의지를 발휘하지 않는 이상 견고한 결합을 유지하는 레고 벽돌과 같다는 뜻이지, 이 결합 자체에 특별한 이유가 있거나 반드시 그렇게 되어야 할 목적성이 있다는 뜻은 아니다. 결합의 목적이나 이유가 없다는 점에서 생명의 진화 방향은 우연이지만, 일단 결합된 구조는 필연으로 보일 만한 물리화학적 보수성을 가지고 단단히 유지된다. 물론 분자생물학의 관점과 신앙의 차원에서 제기되는 생명 창조의 문제는 별개의 관점에서 접근되어야 할지도 모른다.

레고는 분리와 결합의 놀이를 통해 삼라만상의 차이 속에 스민 '같음(동일성)'을 무의식적으로 인식하게 한다. 어쩌면 레고는 기독교 신학에 대한 가장 발랄한 도전 의식이 숨어 있는 사물이 아닐까.

리어카 handcart
: 현대 도시의 화석

리어카를 우리말 사전에서는 '손수레'라고 순화해서 쓴다. 그러나 사실 리어카는 리어rear'카car'지 소나 말이 끄는 수레와는 기원이 다르다. 쇠로 만든 바퀴와 살에 타이어를 씌우고 물건을 실어 나를 수 있게 한 리어카는 수레를 흉내낸 물건이 아니라 자동차를 흉내낸 물건이기 때문이다. 리어카는 원래 자동차의 사이드카sidecar를 모방하여 자전거 뒤rear에 매달아 쓰던 차를 일본식으로 부르던 말이었다.

수레는 문명의 번성과 운명을 같이할 정도로 중요한 물건이다. 어떤 기술 문명사에서는 고대 이집트와 로마가 마야나 잉카와 달랐던 결정적인 차이를 수레의 유무로 해석하기도 한다.

박지원이 『열하일기』에서 한탄하는 현실 중에는 청나라처럼 수레를 널리 사용하지 못하는 조선의 열악한 도로 사정이 있었다. 어떤 경우건 전통적 수레는 사람이 아니라 말과 소가 끄는 마차의 형태가 일반적이었다.

오늘날 동네 골목과 길거리에서 보는 리어카는 옛날의 수레와는 사실상 별개의 사물이다. 리어카에는 나무 바퀴가 아닌 타이어를 사용한다. 그러나 자동차처럼 모는 것이 아니라 사람이 직접 끈다. 소나 말 같은 동물의 동력을 이용하는 것도 아니다. 기계장치에 사용되는 부품인 타이어를 차용한다는 점에서 현대적이지만 자연 동력원을 직접 사용한다는 모순에 이 사물의 특징이 있다. 타이어를 사용하지만 사람의 속도로 움직이는 리어카는 현대 도시의 괴상한 화석이다.

자동 동력 기계장치들이 질주하는 도시의 대로변에서 사람의 보폭으로 움직이는 리어카를 요즘도 종종 본다. 리어카는 '고물'로 채워져 있다. 사람의 보폭과 그 안의 고물 모두에서 희로애락과 생로병사의 시간을 본다. 리어카를 끄는 이의 주름에는 사람의 시간이 스며 있다. 시인 이성복은 "아직도 나는 지나가는 해군 찝차를 보면 경례! 붙이고 싶어진다"(「제대병」)고 우울하게 말한 적이 있다. 그러나 나는 지나가는 리어카를 보면 왠지 허리 숙이고 싶어진다. 그것을 끄는 동력원인 인간의 주름, 인간의 몸짓, 인간의 시간에.

립스틱 lipstick
: 생활인을 예술가로 바꾸는 지팡이

단 한 군데만 화장을 해야 하는 상황이라면 어디를 할까. 화장에 관한 최초의 관념이 생긴 어린아이가 제일 먼저 손을 대는 물건은 무엇일까. 반대로 중장년층이 화장을 한다고 할 때 제일 신경을 쓰는 부위는 어디인가.

답은 대체로 비슷하다. 바로 입술이 아닐까. 다급하게 얼굴을 정돈하는 지하철 출근길에서도, 어린아이의 화장 놀이에서도, 손주 결혼식에 나서는 할머니에게서도 화장의 우선순위가 되는 부위는 일단 입술이다. 립스틱은 그런 점에서 화장의 알파요 오메가라고 할 만하다. 립스틱은 원초적인 무의식을 간직한 신체 부위와 연관된 사물이다. 붉은 입술은 눈에도 가장 잘 띄는 부위다.

이런 점에서 다양한 색조 화장이 가능한 아이섀도는 립스틱과 비교 대상이 될 수 있다. 아이섀도와 립스틱은 둘 다 타인에게 메시지를 전달하는 신체 부위에 바르는 사물이다. 눈은 마음의 창이며 입술은 목소리의 문이다. 하지만 눈짓과 눈동자는 암시적으로 말한다. 이에 반해 입술은 말이 직접 발성되는 문이다. 립스틱 짙게 바른 입술은 스모키 화장을 강조한 아이라인보다 더 직접적으로 '말한다'.

그러나 말보다 더 원초적인 입의 기능이 있다. 바로 '먹는 입'이다. 이때의 입술은 실용적인 입술, 생활인의 입술이다. 생활인의 입술에는 립스틱이 필요 없다. 밥을 먹을 때 립스틱이 묻은 입술은 불편하다. 그래서 대개 밥을 먹은 후에 립스틱을 다시 바른다. 이것은 립스틱을 바르는 순간 입술에 '존재 단절'이 일어난다는 뜻이다. 실용적인 입술에서 비실용적인 입술로의 변신. 이 변신에는 아름다움에 관한 욕구가 개입되어 있다. 본래 미의식은 실용성과 모순을 일으키기 마련이다. 소설가 토마스 만은 「토니오 크뢰거」에서 "건실한 은행가는 예술가가 될 수 없으며, 생활인은 창조하지 못한다"고 말했다. 입에 바르지만 생존 본능과는 단절하려는 립스틱을 이런 점에서 생활인을 예술가로 바꾸는 붉은 지팡이stick라고 말할 수 있지 않을까.

■ Chapter 2

평범한 물건은 어떻게 철학을 선물하는가

마스크 mask
: 문명의 불안을 환기하는 방패

아즈텍문명은 문화적으로나 군사적으로나 가장 발전한 고대 문명 중 하나였다. 하지만 최전성기의 아즈텍 인구 600여만 명 대다수를 몰살시키는 데는 1,000여 명의 스페인 군대면 충분했다. '이교도'를 멸절시킨 이 '신의 손'이 무엇이었는지를 밝힌 건 신학이나 군사학이 아니라 현대의 병리학이었다. 유럽인들의 신체에서 옮겨간 천연두, 홍역, 인플루엔자 등 각종 유행성 바이러스들이 면역 체계를 가지고 있지 않던 원주민들만을 골라서 몰살시킨 것이다.

현대 의학은 암도 대부분 치료하는 단계에 이르렀지만 일상의 질병이라 할 감기나 독감, 호흡기를 통해 침투하는 각종 바이러스의 진화에는 여전히 무력한 경우가 많다. 백신을 개발한다고 하지만 병원균은 환경에 맞게 다시 진화한다. 예방이 최선책이 될 수밖에 없는 이유다.

마스크는 인간이 아직도 '알 수 없는 것들'과의 생존 전쟁에 노출되어 있는 연약한 생물종이라는 사실을 환기하는 사물이다. 이 사물이 드러내는 문명론 차원의 이미지는 간명하다. 당대의 아즈텍이나 잉카가 그러했듯이, 현대 문명의 찬란함에 도사리고 있는 어처구니없는 허약성, 확인되거나 정복되지 않는 실체들에 대한 불안감이다. 돼지 독감이나 조류인플루엔자 혹은 원인 불명의 바이러스가 유행할 때, 마스크는 일상의 인간들이 병원균에 대비해서 취할 수 있는 거의 유일한 예방책이다. 2020년을 전후로 수년간 전 세계를 멈추게 했던 코로나 팬데믹 상황에서도 생활인들이 자기를 방어할 수 있는 유일한 수단은 사실상 마스크를 쓰는 일 외에 없었다.

마스크의 핵심은 코와 입으로 들어오는 공기의 직접적인 흡입을 막는 것이다. 그러나 완전히 '막는다'는 게 과연 가능할까. 호흡기를 통해 유입되는 바이러스들은 마스크를 엮고 있는 섬유 분자보다 작다고 한다. 마스크로 들어오는 공기 자체를 막을 수 없는 것처럼, 인간은 병원균에 마스크라는 '방패'로 대항하지만 이 방패의 실효성에 대한 논란은 병리학자들 간에 아직도 상존한다.

생물학의 한 관점에서 보면 지구의 주인은 인간이 아니라 인간을 숙주로 삼아 개체변이를 거듭하는 미세 존재인 바이러스다. 마스크는 인간의 눈으로 포착되지 않는 강력한 존재들을 환기한다. 실체가 보이지는 않으나 '존재'의 기습에 의해 촉발되는 설명하기 어려운 기분을 하이데거는 '불안'이라고 불렀다.

마 이 크 microphone
: 무의식 무대의 확성기

내가 꼬마였을 때만 해도 볼거리와 놀거리는 지금과 비교할 수 없을 정도로 한정적이었다. 그 놀이 환경은 역설적으로 하나에 집중되는 국민 볼거리를 만드는 조건이기도 했다. 권투, 한일전 축구, 고교 야구 같은 스포츠 중계방송이 그런 예다. 이런 경기들은 스포츠 자체로도 흥미가 있었지만 유명한 아나운서들의 목소리로 전달되면서 열광과 흥분이 훨씬 더 고취되었다. 지금도 '간판' 아나운서들이 '열일'하지만, 그때는 각 방송사마다 아예 스프츠 중계에 특화된 전설이라 할 아나운서들이 있었다. 인터넷으로 다시보기가 불가능했던 시절이니까 그 목소리들은 늘 생방송으로 전달되었다. 한번 지나가면 듣기 어려운 아나운서 목소리의 현장성이 스포츠를 국민 이벤트로 만드는 데 크게 기여했다.

마이크는 어린 시절 그 국민 이벤트를 흉내낼 때 쓰던 사물이다. 경기 자체보다 경기를 전달하는 아나운서들의 목소리에 더 신이 났다. 그 시절 아버지가 사 온 전축은 우리집에 생긴 최초의 전자 기계였고, 거기에 딸려온 마이크는 아나운서 흉내를 실제 상황으로 바꾸는 마법의 도구였다. 그때 처음으로 마이크가 단순한 확성기가 아니라 날목소리를 문화적 가공물로 바꾸는 마술 도구라는 것을 알았다. 전축에 입력 단자를 끼워 쓰는 마이크를 사용하면 목소리는 실제 아나운서처럼 근사하게 바뀌었다. 그 변형에 고취되어 더 흥분해서 흉내를 냈고 가족과 친지 모임에서 최고 인기 있는 차례는 나의 축구, 권투 중계였다. 그런데 지금 생각해보면 그 전설적인 스포츠 아나운서들의 아우라도 이 사물이 없었더라면 불가능하지 않았을까 하는 생각이 든다.

마이크를 쥐면 사람들은 왜 평소보다 흥분하고 들뜨며 용감해지는가. 노래방에서 이 사물을 쥐고 있는 사람들에게서는 재미있는 사실이 발견된다. 평소 말수가 적고 얌전했던 사람들도 마이크를 손에 쥐는 순간 '다른 사람'으로 변하는 경우를 흔히 본다. 점잖은 사람이 격정적인 로커가 되기도 하고, 이지적인 사람이 눈을 감고 신파적인 트로트를 부르기도 한다. 평소 품위를 신조로 하는 상사가 걸그룹의 댄스곡이나 도발적 가사의 힙합에 맞춰 몸을 통통 튀기는 광경에 모두가 아연실색하게 되는 경우도 있다.

우리는 이 순간 간단한 사물 하나가 그것을 쥔 사람을 무대 위의 배우로 변신시키는 광경을 목격한다. 기계적 가공과 여과를 통해 변형되는 것은 단지 목소리가 아니라 그 순간의 정체성이다. 정체성을 가리키는 아이덴티티identity는 '같음'이라는 뜻을 가지고 있다. 마이크 앞에서 한 사람의 내면에 우리가 잘 몰랐던 여러 '다름'이 공존하고 있었다는 사실을 확인하게 된다. 마이크를 쥔 주인공의 새로운 모습에 놀라거나 열광하게 되는 것도 이 다름을 확인하게 되기 때문이다.

프로이트는 이러한 존재 변이를 '다른 무대가 상연되는 연극'이라고 말하곤 했다. 무대에서 배우는 배역에 따라 평소와는 전혀 다른 캐릭터를 연기한다. 남자가 여자가 되기도 하고, 어른이 아이가 되기도 하며, 점잖은 사람이 장난꾸러기가 되기도 한다. 도덕주의자가 살인자 역할을 맡기도 한다. 그런데 실제 연극과 프로이트의 무대가 결정적으로 다른 것은 이 무대가 단순한 가상이 아니라 배우의 심리적 실재를 드러내는 '무의식의 장'이라는 사실에 있다. 무의식의 무대에서는 억압으로 표출될 수 없었던 심리적 진실이 상연된다. 이 진실은 자기 자신도 모르는 경우가 대부분이므로 이를 '무의식'이라고 얘기했던 것이다.

이 관점에 따르면 마이크를 쥔 사람의 얼굴과 마이크를 거쳐 나온 목소리는 단순히 연극배우의 가면이나 기계적 가공물이 아니다. 노래방에서 마이크를 쥐고 선택한 노래가 그 사람의 심리적 현실을 암시하는 경우를 자주 목격하지 않는가. 예컨대 실연당한 사람은 그와 유사한 상황에 이입하는 가사의 노래를 선택한다. 프로이트는 무의식의 진실은 현실을 구성하는 원칙들에 의해 억압되어 있으므로 드러나지 않는데, 심리적 억압이 느슨해지거나 그것을 통제할 수 없는 상황에서 부지불식간 나타난다고 말한다. 놀이, 말실수, 농담, 꿈이 그런 상황의 예다. 마이크는 심리적 억압을 느슨하게 하여 우리로 하여금 진실의 무대에 오르게 하는 오브제인지도 모르겠다.

마이크의 공적 기능에 대해 사족을 하나 붙이자면 이런 것이다. 마이크를 들고 있는 공간은 현실 상황에서는 공적인 무대, 공적인 장소인 경우가 많다. 정부의 대국민 담화나 선거철 후보자들의 유세 활동, 광장에 선 시민들의 외침 들은 모두 마이크를 통해 사회에 전달된다. 마이크의 소리가 '잘 들리는' 것은 단지 기계적으로 증폭시켰기 때문이 아니라 이 도구가 심리적 실재의 확성기이기 때문이 아닐까. 그렇다면 듣는 이들을 움직이는 것은 목소리와 크기가 아니라 진실의 깊이가 아닐까.

말하는 로봇 talking robot
: '자유'를 가진 말

미국에 사는 지인에게 인공 펫pet을 분양받았다. 한 장난감 회사에서 히트를 친 이 로봇은 외계에서 온 강아지처럼 생겼다. 이 사물에 관심을 갖게 된 까닭은 특이한 외형 때문이 아니다. 이 사물이 말을 하기 때문이다. 놀라운 것은 주위에서 하는 말의 내용에 따라 적절히 반응하며 상황에 맞는 대꾸를 한다는 사실이다. 그뿐만 아니라 이 사물은 주위의 분위기(소리)에 따라 분노와 즐거움과 따분함 등의 일정한 기분을 느끼고, 몸짓(신체 언어)을 통해 기분을 표현하기까지 한다. 일례로 강렬하고 빠른 박자의 음악을 들으면 신나게 춤을 추고, 나른한 음악을 틀어주면 눈동자가 게슴츠레하게 변하면서 '졸리다'고 말한 뒤

눈을 감고 잠이 들어버린다.

처음에 이 로봇에 건전지를 넣으면 눈을 뜨고서 한동안 '외계어'로 떠들기 시작한다. 그러다가 자기를 키우는 주인과 대화가 시작되면 일정한 시간이 지나서부터 '사람 말'을 하기 시작한다.

그러나 이 놀라운 사물이 정말 지능을 갖추었다고 말하기는 힘들다. 무엇보다도 말하는 문장의 유형과 길이가 극히 제한되어 있다. 이 사물의 '뇌'에는 제한된 문장 유형들이 입력되어 있고, 주위에서 가해지는 음성언어의 어휘소들을 분석해서 거기에 맞는 '준비된' 문장을 발화하게 되어 있다. 분위기(소리)에 따른 몸짓도 일정한 소릿값(박자)에 대한 반응치가 범주화되어 있기 때문이다.

지능의 문제와 관련하여 로봇이 정말 '말'을 한다는 것은 어떤 의미일까. 만일 다음처럼 말하는 로봇을 만들었다면 새로운 생물을 창조한 것이리라. 주인의 말에 반응(대답)만 하던 로봇이 도리어 주인에게 '질문'을 던지는 순간 말이다. 또다른 경우는 로봇이 '거짓말'을 하는 순간이다. 거짓말은 지성이 능동성을 발휘하여 저 자신의 자유를 구현하는 것이기 때문이다. 거짓말을 하면 코가 길어지는 피노키오 이야기는 인간의 도덕적 성장에 관한 외피를 쓰고 있지만, 이 이야기의 무의식에는 독립심을 지닌 아이가 어른(부모)의 통제로부터 벗어나 자유의지를 획득하는 과정이 역으로 깃들어 있기도 하다.

질문과 거짓말은 뻔한 대답과 예상 가능한 동선을 넘어선 말의 형식이다. 거짓말은 그렇다고 치자. 당신은 질문하는 '사람'이기는 한가.

망원렌즈 telephoto lens
: 눈앞의 사실

백문이 불여일견百聞不如一見이라는 말이 있다. 내 눈으로 보는 것만큼 분명한 진실이 어디 있느냐는 것이다. 그러나 의심의 대가였던 데카르트는 시각적 진실의 허구성을 간단히 폭로한다. 어린 시절 늘 창문에서 바라보던 먼 곳의 동그란 지붕이 가까이 가서 보았더니 삼각형 모양이더라는 것이다.

'방법적 의심'이라 불린 데카르트의 철학적 방법론에 영감을 주었던 사물은 그와 동시대 사람이던 갈릴레이가 발명한 망원렌즈다. 육안으로 보는 별과 망원렌즈로 확인한 별 사이에는 큰 차이가 있다. 데카르트적 의심의 역설은 가장 믿을 만한 감각인 시각을 의심하면서, 멀리 있는 사물을 망원렌즈로 눈앞에 바싹 끌어당기는 더 강력한 시각화를 채택해 확실성(진리)을 발견해냈다는 데 있다. '지각을 통해 의식하게 된 대상에 관한 관념'이라 말할 수 있는 표상表象이라는 철학 용어가 독일어로 눈앞에 불러 세움vorstellung인 것은 이 때문이다.

현대인에게 망원렌즈는 과학자의 망원경보다는 카메라의 필수 구성물로 더 친숙한 사물이다. 휴대전화에도 카메라가 장착됨으로써 이 사물은 일상을 구성하는 일반적인 소도구가 되어 있다.

엉뚱하게도 이 사물을 가지고 갈릴레이의 과학적 확실성을 재연하는 이들은 다름 아닌 파파라치다. 그들은 포착된 대상도 모르는 사이에 망원렌즈를 통해 먼 거리의 대상을 사람들의 '눈앞으로 불러 세운다'. 갈릴레이의 망원렌즈가 육안의 별과 망원렌즈를 통해 본 별의 간극을 증명해냈듯이, 그들은 멀리 있는 '스타(별)'의 사생활을 대중의 눈앞에 바싹 들이대면서 가려져 있던 사적 영역을 만천하에 드러낸다. 텔레비전과 스크린에서 보던 스타의 이미지와 눈앞에 불러 세워진 실체 사이에는 상당한 간극이 있다. '스캔들'이란 은밀한 풍경이 백일하에 드러남으로써 발생하는 당혹감의 다른 표현이다. 여기에는 스타를 밀실에서 광장으로 데리고 나와 벌거벗기는 우리 시대의 폭력성이 깔려 있기도 하지만, 눈으로 확인한 사실은 반박 불가능하다는 시각적 객관성에 대한 맹목적 믿음도 담겨 있다.

하지만 '시각적 객관성'에는 전제가 있다. 내가 보고 있는 A라는 대상이, (B가 아니라) '진짜 A'여야 한다는 사실이다. 대상을 분석하기 전에 진위 여부를 치밀하게 먼저 확인하는 일은 모든 사실 규명 작업의 기본이다. 가끔 대상 자체를 잘못 설정하는 치명적인 오류를 범하는 일이 있다. 학문에서는 주로 판본(텍스트)의 선택이 잘못되는 경우에 생기는데, 범죄 수사 영역에서도 얼마든지 발생할 수 있다. 모든 대상은 단독으로 존재하지 않으며 그것이 놓인 맥락과 배경이 있다. 이런 것들이 고려되지 않은 채 시각에 대한 맹목적 믿음만 있다면 난센스적인 블랙코미디가 되고 말 것이다.

맨홀 manhole
: 메울 수 없는 공백

거리를 지나다가 길바닥에 난 커다란 구멍에 들어가 일하는 사람을 봤다. '사람이 들어가는 구멍'이라 하여 맨홀이라고 부른다. 도시의 지하를 관통하는 하수관이나 가스관 등의 점검과 수리를 위해 사람이 들어갈 수 있게 한 지하세계의 통로다. 맨홀이 설치되는 곳은 하수관 등이 시작되는 기점이나 변곡점, 서로 다른 방향의 관이 만나는 교차점이다. 요컨대 이 구멍이 뚫린 지점은 지하세계의 흐름에 중요한 곳이다.

영화 〈다크 나이트 라이즈〉에는 '고담'으로 불리는 어둠의 도시를 무력화시키려는 악당의 작전이 맨홀을 통해 이행되는 인상적인 장면이 나온다. 도시의 아스팔트와 보도블록 밑에는 사방으로 난 거대한 수도관이 묻혀 있고, 그 수도관을 폭발시킨다면 도시는 바닥부터 완전히 무너져내릴 것이다. 이 영화에서 지하 수도관을 타고 도시 곳곳으로 퍼져나가는 격렬하고 어두운 증기는 지하세계를 지상으로 연결하는 맨홀을 통해 솟아오른다. 맨홀에서 치솟는 폭발은 도시의 요충지들을 삽시간에 효과적으로 붕괴시킨다.

도시는 콘크리트와 아스팔트, 보도블록이라는 인공피부로 덮인 구조물이다. 이 피부 위에 집을 짓고 길을 만든다. 지상의 도시는 땅 밑에 그만큼이나 거대한 또다른 길이 존재한다는 사실을 잊는다. 밤의 도시는 찬란한 네온사인과 촘촘한 가로등으로 어둠을 몰아내려 안간힘을 쓰지만, 실상은 땅 밑 어둠 속의 흐름에 기반을 두고 있다. 매끈한 피부로 만들어진 도시의 표면은 발 딛고 선 이곳이 어둠의 지반이라는 사실을 은폐한다.

그러나 맨홀은 아무리 뚜껑으로 덮으려 해도 어둠 자체를 완전히 메울 수는 없다는 사실을 보여준다. 맨홀은 도시의 피부 위에 드러난 지울 수 없는 얼룩이다. 이 구멍은 가공된 문명(文名과 enlightened는 모두 '밝혀졌다'라는 뜻이다)의 삶에 메울 수 없는 어둠이 존재한다는 사실을 환기한다.

정신분석에서는 이 구멍, 불가피한 공백을 개인과 사회 모두에 내재한 진실이라고 말한다. 삶에는 의지로 제어할 수 없는 동요와 모순이 존재한다는 뜻이다. 오늘 길에서 맨홀을 만나거든 구멍 속 깊은 어둠에 대해 한번 생각해보라.

면도기 razor
: 사회 입문의 공인인증서

친한 선배가 이름 있는 문학상을 받았다. 야인적 기질로 유명한 그 시인이 권위 있는 상을 받았다는 소식은 동료들에게 축하의 대상인 동시에 특별한 상징으로 여겨졌다. 상의 권위는 곧 사회의 권위인데, 그의 야인적 기질은 사회 경계나 바깥에 있는 것처럼 보였기 때문이다. 수상식장에 나타난 그의 얼굴은 낯설었다. 늘상 털보였던 그의 얼굴이 면도로 말쑥했다.

사회라는 무대에 공식적으로 올라가야 할 때 대부분의 남자가 예외 없이 깎거나 손질하는 부분이 바로 수염이다. 야인이었던 그 선배의 얼굴도 공식적인 사회 무대에 입장해야 할 때는 면도라는 통과의례를 거쳤다. 그런 점에서 면도기는 사회

입문식에 쓰이는 제의적 사물이라고 할 수 있지 않을까. 수염이 깎인 얼굴을 보게 되면 사회는 일단 그 사람이 사회 바깥의 야인은 아니라고 판단한다. 왜일까. '털(수염)'에서 환기되는 야생의 이미지가 제거됨으로써 문명인의 무의식에 내재된 불안감이 누그러져서가 아닐까.

요즘 면도기는 칼날이 표면으로 노출되지 않게 디자인되어 있지만, 면도기의 물리적 본질은 예리한 '칼'이다. 면도기는 신체에서 가장 먼저 직관적으로 파악되는 얼굴에 칼을 댐으로써 야성의 표식을 질서화된 사회의 표지판으로 변형한다. 면도한 얼굴은 사회적 질서를 존중하겠다는 약속의 공인인증서 같은 것이 아닐까.

이런 점에서 면도는 머리를 깎는 행위와는 다르다. 극적으로 머리를 깎는 상황의 주인공을 떠올려보자. 실연한 사람, 스님이 되기 위해 출가를 결심한 사람, 삭발 투쟁을 하는 시위자도 있다. 이 상황은 중대 결심을 상징한다. 어제의 시간, 자기가 묶인 사회에 결별과 단절을 선언한다. 반면 면도기가 절실한 주인공은 면접을 앞두고 있는 신입사원이다. 사회를 버리기 위한 행위가 머리를 깎는 것이라면, 사회를 얻기 위해 사용하는 도구가 면도기다.

신화인류학자 엘리아데에 따르면 초월적 제의는 문명인의

세속 한가운데서도 의식되지 못한 채 반복된다. 그러나 초월의 욕망이 속俗에서 성聖의 방향으로만 향하는 것은 아니다. 면도기는 자연의 인간을 세속의 인간으로 수정한다.

명 함 business card
: 이름은 순결하다

가로 90mm, 세로 50mm의 반듯한 직사각형 흰 종이에는 이름과 연락처, 사회적 소속만이 적혀 있다. 나머지는 흰 여백이다. 그는 이 사물을 건네면서 거기에 쓰인 이름 그대로 스스로를 '호명呼名'한다.

명함의 명名은 이름을, 함銜은 옛사람들의 서명인 수결手決을 뜻한다. 오늘날 명함은 개인의 사회적 정보를 소개하는 물건으로 인식되고 있지만, 명칭에서 보듯이 이 사물의 핵심은 이름에 있다. 명함의 대부분을 차지하는 여백은 오직 이름만이 이 사물의 중심이라는 사실을 시각적으로 웅변한다. 본질적으로 명함 속의 이름과 명함을 건네는 사람이 동일인임을 확인시키는 사물인 것이다. 의례적인 관행이 되었지만 사실 명함을 교환하는 행위는 예사로운 일이 아니다. 명함의 교환은 익명(匿名은 이름이 숨겨져 있다는 뜻이다)의 세계에서 이름을 통해 스스로를 드러내는 행위가 아닌가. 글자와 자기의 일치를 확인시키는 이 행위에는 단순한 사실 확인 이상의 함의가 깃들어 있다. 사물에 새겨진 이름이 그 누구도 아닌 바로 '나'이며, 나는 '그 이름에 합치되는 존재(이어야 한)다'라는 윤리적 증언이자 선언이다.

이름과 실재의 합치를 뜻하는 명실상부名實相符라는 사자성어에도 이런 생각은 투영되어 있다. '상부'는 옛사람들이 부신符言이라 하여 반씩 나누어 가졌다가 나중에 맞춰보는 신뢰의 표식이다. 이 물건과 합치되는 약속의 주체가 나이므로 나를 믿어달라는 뜻이다. 조르주 아감벤에 따르면 고대 그리스인은 고백이나 선서를 '입은 실재와 똑같은 것을 말한다'라는 뜻인 호모로게인homologein의 차원에서 행했다고 한다. 하느님에게 바치는 고해성사 역시 말과 실재를 절대적으로 일치시키는 호모로게인의 제도적 형식이다.

이름의 증거를 서류철에 집적해놓은 주민등록증과 달리 명함의 교환은 거기에 쓰인 이름이 정말 '나'이며 '이 사람'일 것이라는 믿음만으로 이루어진다. 작금의 불신시대에도 불구하고 여기에서 교환되는 것은 원시적일 정도로 우직한 무형의 신뢰다. 전형적인 명함의 배경색이 눈과 같이 하얀색인 것은 우연의 일치가 아닐 것이다.

문 door
: 다른 존재로 열린

건축적인 의미에서 문은 한 공간에서 다른 공간에 이르기 위한 경계이자 통로다. 문은 독립적인 사물이 아니라 벽의 일부로 존재하면서 한 공간과 다른 공간을 분리한다. 이 분리에 따라 문의 안팎은 두 세계로 나뉜다. '같은 무리'와 관련된 문하門下, 동문同門, 문중門中, 가문家門, 문벌門閥이란 말이 모두 문의 공간적 은유를 사용한다. '문안'에 있으면 공동체가 되는 것이다. 집의 대문, 아파트 현관문은 단지 공간적으로 집에 들어섰다는 것을 의미하지 않는다. 문을 경계로 당신은 직장인에서 부모로, 사회인에서 가족의 일원으로 바뀐다. 움츠린 어깨가 이완되고 찡그린 얼굴에 미소가 감도는 것은 친근한 가족이

기다리고 있어서만은 아니다. 문을 경계로 당신은 다른 세계에 들어섰으며 거기에서 다른 시간이 생겨나기 때문이다. 다른 시간에 있는 나는 '다른 존재'다.

성당의 문이나 절의 일주문은 이 특성이 극적으로 드러나는 경우다. 황량한 동네 어귀에 있는 성당을 안다. 세속 도시의 절벽에 위태롭게 서 있는 성당의 나무문은 가볍게 밀면 열린다. 그러나 이 사물을 밀고 안으로 들어서는 순간 이곳이 방금까지의 세계와는 전혀 다른 곳임을 바로 알게 된다. 어깨의 힘은 빠지고 들떴던 숨소리는 나직해지며 수다스러웠던 목소리는 묵상에 잠긴다. 이 사물을 경계로 정신은 밑으로 침잠하여 순수한 자기 영혼과 만날 수 있을 것이다. 불가의 일주문一株問은 아예 개폐할 수 있는 구조 자체를 가지고 있지 않지만 이 문 역시 다르지 않다. 늘 열린 커다란 문으로 들어선 이들은 제 안에 있는 게 '잡스러움'이었다는 걸 그제야 자각하게 된다. 집요하게 무언가를 좇아다니던 욕망이 일순간 해소되는 고요를 마주하는 것도 이때다.

노자는 '방은 창과 문을 내야 비로소 완성된다'고 말했으며, 벤야민은 '메시아는 좁은 문으로 들어온다'고 했다. 존재는 다른 차원으로 열린 문을 가지고 있어야 한다.

물티슈 wet wipe
: 백색 신화

물티슈는 티슈라는 말을 포함하지만 그와는 성질이 다른 사물이다. 젖으면 티슈는 사용가치가 제로가 되지만 물티슈는 젖어 있다는 사실 자체가 그 속성이다. 그런데 늘 젖어 있는 이 사물은 티슈와 달리 잘 찢어지지도 않는다. 일반 펄프 티슈와는 달리 종이가 아닌 부직포로 만들기 때문이다. 물티슈는 티슈가 아니라 '물수건'에 훨씬 가깝다.

이 사물이 언제부터인가 가방 속 필수품이 되었다. 아기를 데리고 외출할 때 물티슈는 편리하다. 물티슈가 없으면 갓난아기를 데리고 외출하는 게 거의 불가능하다고 말하기도 한다. 야외에서 기저귀를 갈 때, 음식을 쉽게 흘리는 아기에게 무엇을 먹일 때 물티슈가 매우 유용하다는 것이다. 지하철에서 입술 화장을 고치며 물티슈를 이용하는 사람을 보기도 한다. 하지만 소비층이 거기에만 한정되는 것은 물론 아니다. 무언가를 쏟거나 피부가 더럽혀졌을 때 이 사물은 놀라운 효용을 보여준다. 아주 간단하게 끈적끈적한 피부를 깨끗하게 만든다. 식당에서도 물티슈는 필수품이 되었다. 입으로 들어가야 할 음식을 손으로 만지는 게 찜찜하니 물티슈를 달라고 주문하는 손님들이 적지 않다. 사은품으로 휴대용 티슈를 주던 주유소에서도 이제는 물티슈를 주는 곳이 많다.

등장한 지 오래지 않은 이 사물이 만능 상품처럼 쓰이는 상황은 흥미롭다. 한 사물이 짧은 시간에 이렇게 생활 전반에 광범위하게 사용된 데는 기능적 편리성 외에도 다른 이유가 있을 것이다. 그중 현대인의 위생 관념도 한몫하는 것은 아닐까.

물티슈로 닦은 손에서 '깔끔하다'는 감각을 경험한다. 이러한 감각은 시대나 문화적 조건에 따라 다르게 경험되기도 한다. 현대인은 끈적한 것, 찝찝한 것, 투명하지 않은 얼룩과 모호한 흔적을 잘 견디지 못한다. 오염에 대한 불안은 현대인의 큰 특징이다. 작은 얼룩과 더러움을 실제 생리적으로 미치는 영향보다 매우 크게 생각하는 경향이 있다. 심지어는 그런 오염에 공포를 느끼는 사람들도 있다. 예전 같으면 별 문제로 여기지 않았던 정도의 위생 상태도 지금은 더 큰 곤란으로 부각된다.

화장품 광고 모델의 피부는 현대인의 감각이 '백색 신화' 속에 자리잡고 있음을 보여준다. 현대인은 흔히 '뽀샵'으로나 가능한 피부, '물광'이라고 불리는 피부를 욕망한다. 자연 상태에서는 예외적인 형태이며 심지어는 불가능하기까지 하다. 의사나 첨단 기술의 표상인 반도체 산업 종사자가 하얀색 가운을 입는 것 역시 현대성의 무의식을 상징적으로 드러내는 현상이다.

이른바 탈근대 시대의 철학에서는 '순수' '순혈' '투명' '선명' '백색' 같은 단어에 의혹의 눈초리를 보낸다. 반대로 '오염' '흔적' '얼룩' '잡종' '모호함' 같은 '찝찝한' 단어들을 오히려 선호한다. 이유가 무엇일까. 탈근대철학은 이런 단어들과 얽힌 나쁜 사례를 20세기 초 유럽에서 보았다. 나치는 유대인들을 끔찍하게 핍박하면서 되풀이해 말했다. '순수한' 피를 위해서는 '오염된' 인종을 인류로부터 영원히 제거해야 한다고. '해리 포터' 시리즈의 마법사 전쟁의 핵심 원인도 순수한 마법사의 피를 가진 종족이 오염된 종족, '잡종'에게 갖는 혐오나 패권주의와 관련되어 있다.

나치나 순혈주의 마법사의 사례에 한정할 필요도 없다. 서구 역사는 유색인종을 혐오했고 백색인종이 주도하는 순수성의 신화를 퍼뜨려왔으니 말이다. 17세기 이후 서구가 주도하여 오늘날에 이르는 현대 문명의 본질이기도 하다. 물론 이에 대한 반성이 20세기 중반 이후 계속되고 있다. 이는 서구만의 문제라고 볼 수도 없다. 한반도는 이미 신라나 고려시대 때부터 아랍인, 한족, 변방 이민족 등 다양한 외국인들이 들어와 살던 지역임에도 불구하고 단일민족이라는 관념에 실제 이상으로 집착해왔던 게 우리 형편이니 말이다.

이런 문제의식에서 '국사'가 아니라 한국사라고 불러야 한다는 주장도 있다. 국사라는 용어에는 한국의 역사를 세계사의 일부가 아니라 한정적 지역사회의 기억으로 자리매김하려는 반보편주의가 은연중 스며 있다고 한다. 우리는 이미 국제화시대에 살고 있다. 물티슈를 통해 오염과 순수성의 문제에 대해 한번 생각해보자.

반지 ring
: 만남의 고리

인간이 원숭이에서 진화했다고 한다면 원숭이와 인간의 가장 큰 차이는 무엇일까. 자기 신체 또는 외모에 대한 인간의 집착도 그 차이 중 하나가 될 것이다. 장신구는 자기에 대한 관심에서 출발했다. 작은 몸뚱어리 하나를 치장하기 위해 다양한 장신구가 탄생했고 계속 변형되어왔다. 장신구는 인류라는 종이 출현했던 시점에 나타난 대단히 오래된 사물이다. 그런데 다양한 종류의 장신구 중에서도 '약속'을 상징하는 장신구가 동서양을 막론하고 반지라는 사실은 특기할 만한 일이다.

물론 반지가 반드시 약속의 상징물로만 쓰인 것은 아니다. 서양에서는 가문의 인장이나 계급적 권위의 상징으로 쓰이기도 했다. 그럼에도 불구하고 여전히 약속을 함의하는 대표적 장신구가 반지다.

고대 로마에서부터 반지는 혼인의 서약을 담는 상징물이었고, 고려 말기에는 원나라로 끌려가는 부녀자들에게 부모와 친척들이 다시 만날 것을 기약하는 증표로 반지를 건네주는 풍습까지 생겼다. 원나라에서 크게 유행한 고려 풍습을 고려양이라고 불렀는데, 대표적인 고려양 중 하나가 이때 끌려갔던 부녀자들이 손가락에 끼고 있던 고려식 반지였다. 지금도 추기경 임명식이나 교황의 즉위식 같은 엄숙한 서약식에는 신과 맺는 거룩한 계약의 상징으로서 반지를 끼는 예식이 있다.

왜 반지만이 만남과 약속에 관한 상징물로서 의미를 획득하게 되었는가. 이에 대한 정설은 없다. 이런 질문 자체가 오히려 낯선 것인지도 모른다. 하지만 보석상들은 그들 나름대로 그럴싸한 대답을 내놓는다. 인상적인 TV 광고 문구를 본 적이 있다. '다이아몬드는 영원히'라는 카피 말이다. 광고는 다이아몬드가 박힌 반지를 보여준다. 그 광고대로라면 반지가 지닌 의미의 상징성은 거기에 박힌 다이아몬드로 인해 생기는 것처럼 보인다. 단단하고 빛나는 사물이 영원한 약속을 만들어낸다는 의미다.

그런데 다이아몬드 없이 강력한 서약을 상징하는 반례도 얼마든지 존재한다. 사랑에 빠진 젊은 연인이 들판을 걷다가 주변의 풀잎과 꽃으로 즉석에서 '풀꽃 반지'를 만들어 상대의 손가락에 끼워주며 사랑을 맹세했다고 한들, 그 맹세가 다이아몬드 반지의 호소력에 미치지 못할까.

이 사물의 의미는 어떤 재료로 만들어졌는가, 거기에 어떤 보석을 박았는가에서 나오지 않는 것 같다. 사물의 본질은 그 형상이라는 아리스토텔레스의 지적을 떠올려보자. 형상이라는 관점에서 보면 반지는 속이 비어 있는 둥근 고리環 모양이다. 그래서 반지를 뜻하는 영어명은 링ring이다. 혹시 이 고리 형상을 반지가 갖는 메타포로 볼 수 있지 않을까. 반지는 서로 반대 방향으로 향하던 직선의 양끝을 구부려서 원의 형태로 '만난다'. 이때 둥근 고리를 만들려면 가운데가 비어 있어야 한다. 반지의 가운데는 원이 아니라 '비어 있는' 것이다. 비어 있어야 만날 수 있다.

반지의 계약적 성격이 손가락을 두르고 있는 구속성에서 나온다고도 하지만 이건 계약의 의미에 대한 오해가 아닐까. 구속의 강제성으로는 진정한 약속의 힘을 발휘할 수 없기 때문이다. 중요한 것은 두 존재가 진심으로 만나는 일이다. 그것은 강제도 구속도 어설픈 타협도 아니며, 서로의 가능성을 긍정하는 데서 나오는 힘이다. 반지의 고리 형상은 두 존재의 완강한 자기주장보다는 공동의 비어 있음을 전제로 한다는 사실을 암시하는 게 아닐까.

그래서 반지는 누구의 손가락에 끼워져 있건 커플링이다. 이미 고리 형상이 두 존재의 만남을 암시하기 때문이다. 손가락을 넣지 않아도 이미 뜨겁다. 둥근 입처럼 생긴 원환은 비어 있는 공간을 통해 뜨거운 침묵으로 상호긍정의 만남을 말한다. 반드시 연인이 아니어도 반지는 만남과 약속의 의미를 그 형상 자체로 전달한다. 주장들이 첨예하게 부딪히며 서로를 상처 내는 사회적 갈등 상황에서도 마찬가지다. 우리는 어떻게 만날 수 있을까. 어떻게 상호 긍정에 도달할 수 있을까.

배달통 food delivery box
: 식구는 늘 신선하다?

뒷자리에 배달통을 달고 달리는 작은 스쿠터는 도시의 틈바구니에서 놀라운 순발력과 역동성을 발휘하는 사물이다. 굳이 따지자면 여기에서 역동적인 것은 스쿠터가 아니라 손님의 '니즈'를 반영해서 어디든 도착하는 배달통이다.

어린 시절 기억에 더 낯익은 것은 중국집 철제 배달통이다. 예전에는 그 은색 배달통을 뒷자리에 싣는 게 아니라 배달부가 한 손에 쥐고서 운전을 하는 풍경이 흔했다. 그렇게 곡예 운전을 하는데도 한 손에 쥔 배달통 속 짜장면이 쏠리거나 짬뽕 국물이 쏟아지지 않는 절묘한 균형감은 놀라웠다.

배달통의 생명은 시간 단축에 있다. 주문하는 사람과 배달하는 사람 중 누가 더 시간에 예민할까. 아마 배달하는 사람 쪽이지 않을까. 배고픔이야 배를 만지면서 잠시 참으면 되지만 배달 시간을 줄이는 일은 음식점의 흥망을 좌우하니 말이다. 배달 시간은 요리 상태에도 영향을 미친다. 배달이 지체될수록 짜장 면발은 불고 짬뽕 국물은 식는다.

소비사회가 도래하면서 외식 소비가 일상화되었다. 배달 플랫폼은 가장 필수적인 앱이 되었다. 운동회날이나 생일이나 아이가 아픈 날이 아니라도, 또는 특별하게 바쁜 일이 없어도 집에서 다양한 음식을 배달해 먹는 일이 일상이 되었다. 배달통은 특별한 선물이 아니다. 배달통은 낮에도 밤에도 새벽에도 전국 어디에나 도착한다. 배달통은 이제 부엌을 대행하는 '유통 공간'이다.

그러므로 우리는 점점 더 배달 시간의 지연을, 신선도가 유지되지 못한 음식을 견디지 못한다. 짜증스러워한다. 왜일까. 지연된 배달에 대한 불쾌함은 '자기집 음식' '자기집 부엌'의 신선도가 유지되지 않는 것과 같은 불쾌함이 아닐까. 여기에서 배달통이 최종적으로 건드린 무의식은 금방 한 밥처럼 늘 '따뜻하다'고 생각하는 가정에 대한 (맹목적) 믿음이다. 가정을 뜻하는 식구食口란 단어는 '밥을 먹는 입'이란 뜻을 가지고 있다. 그러나 식구도 엄밀히 보면 나 아닌 타자다. 존재를 만나는 장場에는 늘 어긋남이 있으리란 생각이 현실적이지 않은가.

'가정'에 관해 우리는 어떤 고정관념을 가지고 있는 것일까.

백팩 backpack
: 아이로 돌아가는 가방

백팩은 가방일까? 물론 '패션 피플'들은 이런 질문을 매우 상투적이라고 여길 것이다. 그들에게 그건 단순한 가방이 아니라 패션일 테니까. 그러나 내게는 백팩이 단순한 가방도 패션도 아닌 듯 보인다.

백팩을 가방의 일종이라고 한다면 이 사물만큼 익숙하고 흔한 것도 없다. 유치원, 초등학교, 중고등학교, 대학에 들어가서까지 가방을 메고 다니기 때문이다. 이런 차원에서라면 백팩의 원조는 책가방이며, 백팩은 학교교육이 존재하는 세계에서 모든 이에게 최초의 가방이 될지도 모르겠다. 이 흔한 가방이 패션이 될 수 있을까.

그건 그냥 '책가방'이라고 해야 할 것이다. 등에 메는 가방, 똑같은 모양으로 생겼어도 그건 '백팩'이 아니다. 최초의 가방이 등에 메는 형태를 취한 것은 순전히 기능의 문제다. 신체가 충분히 발달하지 못한 어린아이들에게 뒤로 메는 가방은 양어깨로 책의 무게를 분산시킨다. 짐을 등에 꼭 붙여서 잃어버리지 말라는 뜻도 부가되어 있을 것이다. 이런 '유사 백팩'을 메는 것은 중고등학생이 되어도 계속된다. 한국 학생들의 경우 이때부터 짐의 무게가 엄청나게 늘어난다. '등짐'은 그 기능성을 더 알차게 확장시키고 무장하여 이제 '배낭'이 된다. 아침에 집을 나서서 밤까지 밖에서 생활해야 하기 때문에 이 배낭은 자라나는 학생들의 뼈대를 휘게 할 정도가 된다. 사막을 건너는 낙타와 같은 절박함을 짊어진 이 가방은 배낭이지 여전히 '백팩'이 아니다. 그런 점에서 텐트를 비롯하여 생존을 위해 필수적인 요소들로만 채워진 히말라야 원정대의 무거운 배낭과 중고등학생들의 가방에는 근본적으로 차이가 없다. '백패킹' 등산배낭 역시 지금 얘기하려는 '백팩'의 정의에 부합하지 않는 것도 마찬가지 이유에서다.

그렇다면 '백팩'을 책가방이나 배낭과 구분하는 근본적 차이는 무엇일까. 결정적 차이는 사실 백팩 자체가 아니라 그걸 멘 사람의 전체적 스타일에 있다. 이해를 돕기 위해 예를 들자.

한 대학에서 강의를 하고 나오다가 어떤 노교수의 백팩을 본 적이 있다. 백발의 머리에 깔끔한 정장을 한 교수가 스니커즈를 신고는 등에 백팩을 메고 있었다. 그때 비로소 알았다. 아, 주위에 수많은 학생이 메고 있는 것은 백팩이 아니라 그냥 책가방이구나! 백팩을 백팩으로 만드는 것은 가방 자체가 아니라 백팩을 멘 사람이었다!

요컨대 백팩의 결정적인 코디 스타일은 정장이다. 나이가 많고 사회적 지위까지 높다면 금상첨화다. 이들의 격식에 걸맞은 패션 스타일이란 완고하게 정해져 있다. 백팩은 가장 간단한 방식으로 파격을 연출할 수 있는 아이템이다. 이때 파격은 어디에서 발생하는가? 그 에너지의 핵심은 관습적 시선과 통념으로부터의 일탈에 있다.

백팩은 모양으로만 보면 사실 책가방과 다를 게 없다. 그것은 문명사회의 교육 시스템에 들어온 아이들이 메는 최초의 가방이다. 그때 그 가방은 기능적 차원에 국한되기 때문에 백팩이 되지 못한다. 게다가 경쟁 사회에서 그 기능은 생존의 공포에 단단히 결속되어 있어서 유희성이 철저히 휘발되어 있으며 의무감만으로 어깨를 짓누르는 배낭이 되기 일쑤다.

그런 차원에서 보면 양복을 입은 노신사나 노교수의 백팩이란 단순히 실용적인 사물이 아니다. 여기에는 시간을 거슬러올라 아이 때 메던 가방의 감각을 회복하려는 에너지가 깃들어 있다. 이들은 학창시절 자기 어깨를 짓눌렀던 타율적 의무감으로부터 해방되어 있기 때문에 같은 가방을 메더라도 유희성으로 들떠 있다. 그런데 아직도 다양성이 충분치 않고 시선의 압력이 완고한 한국사회에서는 나이와 직업에 익숙한 규범적 복장으로부터 벗어나려면 약간의 모험을 감수해야만 한다. 그렇기 때문에 손에 들거나 한쪽 어깨에 메던 서류가방과 핸드백을 백팩으로 바꿔 메기만 해도 짜릿한 기분과 장난기가 솟아나는 것을 느낄 수가 있다. 어린 시절 운동화 끈을 바짝 조여 맬 때 솟아나던 의욕처럼, 정장을 하고서 백팩을 메고 나서는 날은 몸이 가볍게 두둥실 떠오르기도 한다.

니체는 낙타와 사자와 아이를 인간 진화의 단계적 모델로 들었다. 모래사장 위에 지어놓은 모래집을 스스로 무너뜨리면서 즐거워하고 또 새로운 모래집 짓기를 반복하며 노는 아이를, 강박적 의무감과 완고한 규범적 질서를 짊어진 낙타나 비판적 자유정신을 소유한 사자보다도 진화된 인간 유형이라고 보았다. 그에 의해 위버멘쉬Übermensch, 즉 초인이라고 불린 인간형의 핵심에는 유희적 에너지, 창조적 일탈, 자기 긍정, 의무감으로부터 해방된 주체적 삶이 있다.

나이가 든 대기업 CEO나 정년퇴임을 앞둔 노교수가 단정한 슈트에 백팩을 메고 회의실이나 강의실로 들어오는 풍경을 상상해보라. 그 순간 직원들과 학생들은 자기가 지금 메고 있는 게 백팩이 아니라 실은 배낭이었다는 사실을 깨닫게 될 것이다.

버스 bus
: 평등한 좌석

동네를 지나다니는 버스 중에 커다랗고 귀여운 눈망울에 예쁜 옷을 입고 있는 캐릭터 버스가 있다. 차 안의 풍경을 슬쩍 본 적이 있는데, 어린아이 승객으로 버스가 만원이었다. 서울시에서 운행하는 이 버스가 시민의 '친구'가 되는 감성 확보의 길 하나를 발견했다는 뜻이다.

여전히 버스는 대중교통의 핵심이다. 지하철이 깔려 있지 않은 지역에 사는 이라면 이 사물의 중요성을 실감할 것이다. 버스는 지상의 교통수단 중에서도 몇 가지 독특한 면모를 가지고 있다. 그 핵심은 '평등한 좌석'에 있다. 버스에는 승용차와는 달리 '조수석'이라는 개념이 없다. 따라서 조수석 뒷자리가 '상석'이라는 개념도 없다. 어른과 아이의 자리, 남자와 여자의 자리, 사장과 직원의 자리가 따로 없다. 버스 안 승객은 제각각 다른 목적지를 지녔다. 그러나 버스의 운행노선에 따라 같은 방향을 공유함으로써 그들은 '평등한 승객'으로 공존한다. 그들이 공유하는 것은 버스라는 형식이지 제각각 마음먹었던 도착지라는 내용이 아니다. 이 형식의 핵심은 서열 없는 좌석이다. 이 좌석은 승객의 구분도 없을 뿐만 아니라 그들의 도착지를 지시하지도 않는다.

노약자를 위해 앉아 있는 이가 자리를 양보할 수 있는 미덕도 평등한 좌석이 전제되고 난 후에야 가능한 윤리다. 도덕이 관례화되면 장유유서長幼有序라는 덕목도 서열에 기초한 사회적 압력이 되고 만다. 관성이 된 도덕에서는 '눈치'가 생긴다. 눈치 때문에 젊은이가 자리를 비킨다면 과연 건강하다고 할 수 있을까. 인간에게는 위계나 서열이 없다는 전제 아래 튼튼한 사람이 약한 사람을 보호한다는 자발성이 일어날 때 건강한 문화가 만들어진다. 노자는 도道가 사라지니 덕德이 나타나고, 덕이 사라지니 인仁이 나타나고, 인이 사라지니 예禮가 나타난다고 말한다. 예, 서열, 상하의 구별은 가장 하위에 있는 범주다. 동학을 창시한 수운 최제우가 소외된 아이와 여자를 만나면 늘 붙잡고 울었던 까닭이 여기에 있다. 유자儒者의 정체성을 부정했던 그는 서열이 아니라 약한 존재에 대한 사랑으로 충만해 있었던 것이다.

현대 제도민주주의의 한 모델이라 불리는 미국 민주주의가 결정적으로 진화한 것은 흑인이 투표권을 갖게 된 이후다. 그 시발점이 된 흑인민권운동의 역사적 사건도 버스에서 일어났다. 백인은 앞좌석, 흑인은 뒷좌석이라는 좌석 구분에 저항하여 한 흑인 여성이 좌석의 평등을 선언한 순간이다.

2014년 세월호나 2022년 이태원 등에서 발생한 사회적 참사에 폭발한 국민의 분노는 집권자들이 그들만의 관용 차에서 내려와 '시민의 버스'로 갈아탈 생각이 없음을 알았기 때문이다. 이 과정에서 국민들이 정부의 행태에 충격을 받았던 까닭은 그들이 단지 무능해서가 아니다. 그들이 평등한 시민이 되기를 명백히 거부하는 사람들임을 확인했기 때문이다. 여기에는 도도 없고 덕도 없고 인도 없었지만, 실은 예조차 없었다.

벨 bell
: 근본적으로 다른 주파수

초조한 마음으로 서 있는 병원 진료소 앞, 북적대는 한낮의 은행, 배고픈 얼굴로 차례를 기다리는 정오의 푸드 코트. 어느 곳에서나 사람의 목소리가 직접 손님을 호출하는 일은 많지 않다. 주변의 웅성거림 속에서 뻐꾸기시계처럼 튀어나오는 '딩동' 소리가 사람의 목소리를 대신하기 시작한 지 제법 되었다. 식당에서 테이블에 앉은 손님 역시 더이상 '여기요' 하며 주인을 부르지 않는다. 오늘날 벨은 사람의 성대를 대신하여 '여기'와 '저기'를 즉각적으로 연결하는 효율적인 사물이다.

도시의 공공장소에서 익명의 말소리들은 부딪치고 뒤섞이며 서로를 공격적으로 침범한다. 원치 않아도 타인의 말소리가 내고막 안으로 흘러들어온다. 이 상황에서 군중의 목소리는 불분명한 소음이 되어 도시의 대기를 떠돈다. 여기에서는 전달되는 것도 소통되는 것도 없다. 인터넷의 무책임한 댓글처럼 소란스럽고, 타인에 대한 이해도 정서적 공감도 생각의 연대도 촉진하지 않는다.

벨은 도시의 목소리들 위로 튀어오르는 다른 음역대의 소리다. 성대로부터 기원하는 익명적이며 불분명한 목소리들 틈바구니에서 가볍고 경쾌한 도약을 하며 다른 차원에서 울린다. 마치 뜀틀 선수처럼. 메시지는 간명하게 전달된다. 듣자마자 앉아 있던 이는 일어서고, 이편에서 제 일에 몰두하던 이는 저편 사람의 기척을 듣게 되며, 식당 주인은 손님과 눈맞춤을 한다.

즉시 실천적 행위를 추동시키는 기적汽笛/奇蹟은 어떻게 가능한가. 다른 음역대의 소리가 필요하다. 반복되는 일상의 변화는 무수한 소리들 위에 또하나의 소리를 더하는 것만으로는 가능하지 않다. 근본적으로 다른 주파수를 도입해야만 한다.

벽 wall
: 응답하라 2013

벽은 건물이 서기 위한 구조적 뼈대이며 건물의 외관이 드러나는 피부다. 모든 건물은 흙이나 벽돌이나 나무나 쇠, 콘크리트 등으로 다양한 벽을 쌓는다. 벽은 건물의 내부와 외부를 가르는 경계면이며 외부의 침입을 막는 방어막이다. 견고함은 그래서 벽의 본질이 된다. 건물의 외피에 견고한 벽이 추가로 필요하다고 여겨질 때, 더 분명한 경계 표지로서 담벽이 올라간다. 옛날에는 외적의 방비를 목적으로 마을 주위에 높고 단단한 벽을 쌓곤 했는데, 벽에 의해 본질이 거꾸로 결정되는 이런 건물을 성城이라고 불렀다.

오늘날 도시에서 벽은 안팎의 소통을 가로막는 '장벽'이 되기도 한다. 빈틈없는 콘크리트 벽이 이웃 없는 고독한 도시인을 만들기도, 재개발지구 아파트들의 성곽 같은 외벽은 동네의 오랜 거주민들을 '원주민'으로 전락시키기도 한다. 관공서의 권위적인 형태의 외벽이 시민과 공무원을 저절로 분리하는 경우도 있다. 그러나 그 모든 벽은 '우리'가 쌓은 것일지도 모른다. 전설적인 록그룹 핑크 플로이드는 우리 자신이 상상력 없는 사회의 한 벽돌이 아니냐고 노래하기도 했다.

완강하고 일관되게 무표정한 벽에 느닷없는 낯선 표정이 나타나기 전까지, 우리는 자신을 둘러싸고 있던 것이 벽이라는 걸 인식하지 못한다. 을씨년스러운 연말, 한 대학의 벽에 '안녕들 하십니까'라고 안부를 묻는 새로운 표정의 벽이 나타났던 적이 있다. 글자로 자기 진심을 새긴 '하얀 벽'이 인사를 하자 "곧은 소리는 곧은 소리를 부른다"는 김수영의 '절벽'(「폭포」) 같은 인사들이 응답하기 시작했다. 벽을 따라 줄지어 붙은 인사들은 세상의 무채색 벽들을 질문의 벽으로 바꾸었다. 공동체의 안녕을 묻는 이 젊은 벽들은 우리가 지금 완고한 벽에 갇혀 있다고 호소했다. 이제는 이 상투적인 사회의 벽을 무너뜨리고 새로운 비전을 열어야 하지 않느냐고 물었다.

깃발처럼 펄럭이는 벽, 움직이는 벽, 응답을 부르는 벽이다. 이 벽의 표정에서 다른 내일을 보고 싶은 간절한 기도를 본다.

보자기 wrapping cloth
: 평범한 물건은 어떻게 선물이 되는가

보자기는 실용적 관점에서 보면 지금같이 쇼핑백이나 비닐 봉투나 가방 등이 발달하지 않았던 시절에 물건을 담아 이동하던 사물이다. 넓게 펼칠 수 있어서 물건 형태의 제약을 크게 받지 않고 담거나 묶을 수 있고, 사용하지 않을 때는 접어서 가볍게 보관할 수 있는 편리한 사물이다. 보자기는 민간에서 궁중까지, 일상에서 관혼상제까지 널리 사용되었는데, 선물 보따리(보자기)라는 말에서 보듯 기분 좋고 정성스러운 선물의 이미지를 대표하는 사물이기도 했다. 여기에서 유념할 것은 보자기가 선물의 이미지를 갖게 된 이유가 단지 그 안에 물건을 담고 있어서만은 아니라는 사실이다. 평범한 물건이 어떻게 선물로 변화할 수 있는가. 여기에는 승화의 메커니즘이 있다.

우선 물건을 싸는 보자기 자체가 행복과 건강을 기원하는 마음을 담고 있는 사물이기 때문이다. 보자기를 한자로 보褓라고 하는데, 이는 복福이라는 글자와 발음상 유사성을 지닌다. 여기에서 아름다운 마법이 생긴다. 선물이란 물건의 물질성에 붙은 이름이 아니라 상대에게 복을 기원하는 마음이 건네지면서 발생하는 '마음의 사건'이라는 점이다. 옛사람들은 선물을 복 비는 마음과 신앙의 기분 속에서 건넸다. 아라비안나이트에는 집을 찾은 나그네를 신의 사자로 여겨 음식을 대접하는 모습이 나오는데, 이 태도에는 되돌려받기를 바라지 않고 타인에게 건네는 옛사람들의 마음이 투영되어 있다.

우리가 오늘날 자주 쓰는 카리스마charisma라는 말도 본래 선물이라는 뜻이다. 성경에서는 이 그리스어를 '조건 없는 선물'이란 차원에서 신의 선물이라는 뜻으로 사용했다. 은총이라고 번역해서 쓰는 성경용어가 바로 이 단어다. 굳이 기독교적으로 새기지 않아도 선물을 준다는 것은 복을 빈다는 것이며, 되돌려받을 생각이 없는 순수한 증여라는 점에서 교환 행위와 구별된다. 엄마가 아이에게 무조건적인 복을 빌어주듯이, 선물은 순수한 건넴으로 넘치게 하는 기쁨이다.

정치공동체 리더에게 카리스마(선물)를 요구하는 것은 왜인

가. 거기에는 신앙과 정치가 분리된 세계에서 순수한 건넴, 무조건적인 복을 빌어주는 신적인 역할을 리더가 대신 해주어야 한다는 요구가 깔려 있다. 훌륭한 정치 지도자란 순수한 선물 보자기를 가능한 한 많은 이에게 건넬 수 있는 능력을 지닌 사람을 말한다. 실제로 전근대 사회에서는 지배계급의 가장 중요한 역할 중 하나가 선물膳物, 즉 재화를 무상으로 증여하는 방식으로 공동체에 기여하는 것이었다. 그것은 전통사회에서 리더가 자신의 능력을 과시하고 결과적으로 사회를 '지배'하는 방식이기도 했다. 지배자는 사람을 죽일 수 있는 강력한 권력을 행사하기도 했지만, 환란과 같은 사회적 위기 상황에서 구성원이 죽게 방치하지는 않았다. 가뭄이 들면 곡간을 열고 역병이 돌면 구제에 나서는 것이 이 지배 방식의 전형이었다.

법적 제도적 권력의 획득만으로 카리스마가 형성되지는 않는다. 카리스마의 본뜻은 '순수한 건넴'이다. 핵심은 공동체의 복을 비는 무조건적이고 순결한 마음을 리더가 갖고 있느냐는 것이다. 교환이 선물로 승화되려면 사랑이 있어야 한다. 사랑은 분별하지 않고 계산하지 않는 기도다. 보자기는 교환 행위에 내포되는 '계산'을 건너뛰기 위해 그 건넴을 사랑으로 감싸는 마음의 제의를 표현하는 사물이다.

복권 lottery
: 복권으로 정의 만들기

사전을 찾아보면 로또lotto는 숫자를 기입하며 노는 퍼즐 놀이로 정의되어 있다. 이제는 복권의 대명사로 더 익숙한 이 숫자 놀이가 일등 행운 과녁에 적중할 확률은 상상하기조차 어렵다. 1부터 45까지 45개의 숫자 중 하나를 선택하면 다음번 자리를 차지할 44개의 숫자 중 또하나를 선택해야 한다. 그리고 그 선택에 따라서 다음번 자리에 올 43개의 숫자 중 하나를 선택해야만 한다. 일련의 모든 선택은 우연이지만 연속되는 우연을 거듭하여 '단 하나의 필연'을 만들어야만 한다. 이 우연의 중첩은 무한하지는 않지만 한정하기도 쉽지 않다.

인터넷 지식백과에서 로또의 1등 당첨 확률을 본 적이 있다.

자그마치 814만 5,060분의 1인데, 이는 하루에 벼락을 세 번 맞은 사람이 다시 트럭에 한 번 치이고, 그 사람이 방울뱀에 물렸으나 죽지는 않을 확률이라고 한다(네이버 지식백과 〈사물의 민낯〉 '복권'). 세상에!

김애란의 소설 「나는 편의점에 간다」에는 편의점에서 복권을 훔치는 한 노숙인이 나온다. 노숙인은 제 거처를 마련하지 못하고 사회 질서에서 도태된 사람이다. 그가 제 생존의 유일한 가능성을 우연에 건다는 것은 무엇을 뜻하나. 심지어 그 우연마저 훔칠 수밖에 없다는 것은 무슨 뜻인가. 그것은 기획 가능한 행운이 거세된 곳이 이 사회라는 의미다. 진정 사라진 것은 행운인가, 사회인가.

복권을 사회와 연결시켜 성찰한 사람 중에는 뜻밖에도 소설가 보르헤스와 도덕철학자 존 롤스가 있다. 보르헤스는 복권에는 좋은 복권만 있는 게 아니라 나쁜 복권도 있으며, 개인이 선택할 수 없는 신분제나 계급 같은 것이 그러한 복권이라고 말한다. 소위 '진보'란 나쁜 복권의 숫자를 줄이고 좋은 복권을 추첨함 속에 더 많이 집어넣어 추첨 기회의 평등성을 확장해 온 시간이다. 『정의론』의 저자 존 롤스는 복권 중에 가장 나쁜 복권을 뽑게 될 경우를 가정한다. 그에 따르면 사회에서 복권 뽑기(제비뽑기)는 불가피하다. 중요한 것은 최악의 복권을 뽑은

이에게 닥칠 최악의 상황을 방지하는 보호장치를 마련하는 일이다. 롤스는 이것을 정의라고 불렀다. 롤스의 정의는 패자부활전이 가능한 구제용 복권을 사회에 도입하는 일이다. 그 복권에 '꽝'은 없어야 한다.

부채 fan
: 스스로 만드는 바람, '희망'

부채는 '부치는 채'가 줄어든 말이다. 채는 이런저런 일용품을 만들기 위해 나무나 대 등의 껍질을 벗겨서 가늘고 길게 만든 낱낱의 조각을 가리킨다. 고려 어휘가 기록되어 있어 옛 한국어의 보고寶庫로 불리는 손목의 『계림유사』에도 부채라는 단어가 나온다. 고려인들도 사용했던 단어라니 말 자체로도 유구한 역사성을 가지고 있다. 아주 오래전부터 사용했던 사물이라는 뜻이다. 15세기 이후 유럽에 전파된 중국 부채의 유행으로 18세기 즈음 파리에서는 멋쟁이 여성들의 필수품이었다.

요즘에는 사람들이 손에 휴대전화를 쥐고 있지만 예전에는 여름이면 사람들 손에 가장 많이 들려 있던 사물이 부채였다.

물론 더 거슬러올라가면 부채는 왕의 하사품이나 국제무역에 쓰이던 귀한 물건이기도 했다.

선풍기와 에어컨이 등장하면서 부채는 이제 도시인의 사물이라고 말하기 어려워졌다. 그러나 이 사물은 여전히 매력이 있다. '가지고 다니는 자연스러운 바람'이며 '나를 향한, 나를 위한 바람'이라는 사실. 최근에 지방으로 출장을 다니면서 부채를 오랜만에 사용하게 되었다. 부채 바람은 모터 프로펠러로 강제하는 선풍기의 조각난 바람처럼 얼굴을 통명스럽게 '가격'하지 않았다. 부채 바람은 자연풍에 가까운 한 덩어리 바람이었으며, 필요한 때 어디에서나 불러올 수 있는 '자발적 바람'이었다.

스스로 바람을 만드는 일의 의미를 생각해본다. 부채로 불러온 바람을 쐬면서 보이지 않는 공중에도 '무엇'이 있었구나 하는 생각을 문득 하게 되었다. 정확히 말하면 부채는 원래 있던 바람을 부른 것이 아니라 손의 움직임(운동)으로 바람을 생겨나게 한 것이다. 바람은 내 자발성이 만든 운동의 결과다. 내가 움직이면 비로소 생겨나는 허공의 각성 같은 것. 부채 바람은 그런 게 아닐까.

희망이라는 단어가 명사이기 때문에 우리는 희망이 손으로 움켜쥘 수 있는 물건처럼 어딘가에 놓여 있다는 착각을 하곤 한다. 행복의 파랑새를 잡으러 집을 나섰던 아이들처럼. 그러나 희망은 '아직 나는 포기하지 않았다'는 자발적 의지를 스스로 확인하는 순간 잠깐 나타났다 사라지는 공중의 부채 바람, 한 순간의 반짝이는 자기 각성 같은 것일지도 모른다. '하늘은 스스로 돕는자를 돕는다'라는 오랜 격언은 이 자발적 희망의 다른 표현이 아닐까.

블랙박스 black box
: 어둠은 회귀한다

2013년 한국 국적 비행기 사고에서 적잖은 사람들이 새롭게 알게 되거나 확인한 사실이 있었다. 바로 블랙박스 색깔이다. 미 연방 교통안전위원회는 사고가 난 지 오래되지 않아서 이례적으로 블랙박스를 트위터에 전격 공개했다. 그런데 이 사진을 보고서 갸우뚱했던 이들이 적지 않았을 것이다. 공개된 블랙박스는 '블랙'이 아니라 오렌지색이었으니까. 사실 블랙박스는 검은색이 아니다. 수거의 용이성을 위해 최대한 눈에 잘 띄는 오렌지색이나 노란색으로 만들게 되어 있다. 만일의 사고시 비행기 잔해가 사방으로 흩어질 수 있고, 특히 바다나 산간 지역에 떨어질 수 있기 때문이다. 아웃도어 패션에 원색과 형광색 등을 많이 사용하는 것과 같은 이치다.

그렇다면 자연스럽게 의문이 생긴다. 블랙박스의 '블랙'은 왜 붙여진 것일까. 이름의 유래에 대해서는 정확히 알려진 것이 없다. 초기 필름레코드 기록 방식에선 박스 안쪽을 검은색으로 칠했는데, 그래야 자료의 소실을 막을 수 있었다는 설이 있는 정도다. 그런데 이름의 유래보다 중요한 것은 비행 기록의 진실을 담고 있는 이 박스를 검은색이라고 부르는 언어 행위에 스민 직관이다. '블랙'을 '진실'과 연결시키는 언어적 직관.

블랙박스가 진실의 열쇠가 될 수 있는 까닭은 이 사물이 인간적 기억에 의존하지 않는 사물의 기록이기 때문이다. 사람은 기억하지만 기계는 기록한다. 인간 기억의 메커니즘은 왜곡과 생략 같은 선별 전략을 채택한다. '달면 삼키고 쓰면 뱉는다'는 인간의 허약한 본질이다. 뇌 구조 자체에 왜곡의 메커니즘이 있다. 그것은 인간이 주관적으로 세계를 바라보는 데에 따르는 불가피함, 유한성의 문제이기도 하다. 역설은 인간이 유한한 기억이 아니라 사실 그 자체를 기록하는 기계적 힘을 갖게 될 때 생긴다.

보르헤스는 「기억의 천재 푸네스」라는 소설을 쓴 적이 있다. 이 소설은 모든 걸 다 기억하는 능력이 끔찍한 일이 될 수 있음을 보여준다. 기억의 천재라고 했지만, 푸네스에게 사물은

'기억'되지 않고 '기록'된다. 무차별적 사실 기록에 의해 사물은 매 순간 절대적 차이를 가진 고유한 형상이 되고, 매 순간 변화하는 사건으로서 하나의 사물로 통합되지 않는다. 모든 것은 개별적이고 파편적인 사물이 된다. '사고'를 사물의 파편성을 하나로 묶는 종합적 판단 능력이라고 할 때, 푸네스의 기억-기록은 사고 불가능한 것이 된다. 이렇게 보면 유한한 인간의 기억이란 인간 조건인 동시에 생존을 위한 필요이기도 하다.

진실을 파악한다는 것은 기계적 기록과 인간적 기억 사이에서 통합적 해석을 시도하는 능력이라고 해야 하지 않을까. 이 해석을 위해서라도 왜곡되지 않은 기계적 기록 데이터는 '일단' 필요하다. 블랙박스는 기억하지 않고 기록한다. 비행기가 어떤 방향과 높이와 속력으로 움직이고 있었는지 무차별적이고 '기계적'으로. 항공기 내부에서 무심결에 어떤 대화가 오갔는지도 말이다. 블랙박스 역시 해독 과정이 필요하지만, 박스의 기록은 사람의 의도와 이해관계를 배제한다는 점에서 인간의 통제 바깥에 있다. 이 무차별성은 우연성과 예측 불가능성의 긴장을 동반한다. 박스가 파괴되지 않는 한 기록된 사실 그 자체는 사라지지 않고 남는다. 인간의 기억이 왜곡시킬 수 없는 것들이 보존되어 있다.

이 기록을 프로이트는 인간 내면의 어둠에 비유했다. 그는 우리 내면에도 이런 어둠의 장소가 있다는 사실을 발견했다. 낮의 얼굴 뒤에 감추어진 밤의 얼굴이 이 장소에 보존되어 있다고 생각했다. 그것은 기억이 아니라 사실들의 무차별적 기록 장소다. 기억은 우리 의지와 이성이 통제할 수 있는 영역에 있지만 늘 자신에게 유리하게 사실을 왜곡시키려 한다. 그에 반해 어둠의 장소는 우리 의지와 이성이 통제할 수 없는 곳에 있다. 인간은 자기 자신조차도 완전히 지배하지 못한다는 점에서 스스로에 대해 타자다. 그래서 인간은 자기 자신을 모르는 아이러니를 지녔으며, 자기(인간)에 대해 질문하지만 답을 알지 못하는 스핑크스의 수수께끼를 품은 오이디푸스다.

프로이트는 그 기록이 메시지를 보내는 순간이 있다고 말한다. 자기중심성이 인간의 운명이자 삶의 조건이라 할지라도, 이 메시지를 존중하지 않으면 '병'에 걸릴 수 있다는 게 그의 인간 이해이자 세계 진단이었다. 그에 따르면 내면의 어둠 속 기록은 반드시 신체적-정신적 증상의 형태로 발현한다. 블랙박스 자체가 파괴되지 않는 한 사실들의 기록이 사라지지 않는 것처럼 말이다.

■ Chapter 3

당신이 상상하는 것처럼 사물은 놀랍다

생수 mineral water
: 미래에서 온 타임캡슐

어릴 때 읽은 어떤 소설 속 인물이 그랬다. “미래에는 물도 사서 마시게 된대.” 황당한 농담이라고 여겼던 그것이 그로부터 불과 수십 년 만에 실현되었다. 이제 도시인들에게 물을 사 먹는 것은 당연한 일이다. 카페에서 물을 팔기도 한다. ‘생수’라는 이름의 물 말이다. 그런데 이 단어가 해독되지 않는 암호를 품은 낯선 이름처럼 보일 때가 있다. 순수한 물, 살아 있는 물이라니. 최근에야 이 기묘한 이물감의 실체를 알게 되었다. 한 베이커리 냉장고 앞에서였다. 일반적인 물병이 아니라 미래에서 온 것처럼 길쭉하고 투명한 캡슐 모양 용기에 든 생수와 마주쳤던 것이다.

생수生水는 말 그대로 살아 있는 물이라는 뜻이다. '죽은 물'과 이것을 가르는 기준은 무엇일까. 특정 수원지에서 온 것이라 해도 물맛을 구별하기는 쉽지 않다. 서울시의 설명에 따르면 건강에 좋다는 미네랄은 서울 수돗물 아리수에도 들어 있다고 한다. 그렇다면 '물'이 '생수'가 되는 마술은 저 병에서 생기는 것이 아닐까. 유체의 흐름을 투명하게 고정시키는 저 용기 말이다.

생수 회사들은 오염되지 않은 자연을 강조한다. 수백 미터 깊이에서 퍼올린 암반수라 자랑하기도 한다. 마치 진시황이 찾아오라고 명령했던 불로장생의 자연수自然水 같다. 그러나 생수를 '자연스럽게' 흐르던 물이라고 할 수 있을까. 생수는 까마득한 시간 동안 인간의 손이 닿지 않았던 '광물'이라고 해야 하지 않을까. 광물처럼 '캔' 물은 즉시 대기와의 접촉이 차단된 채 다시 인공 투명 용기에 밀봉된다.

실제로 다양한 광물(미네랄)의 함유는 생수 광고의 핵심 메시지다. 철분, 칼슘, 마그네슘 등은 생수의 구성물을 표기할 때 필수 요소 중 하나다. 이 대목에서는 원소기호들 속에서 중세 연금술사들이 발견하려던 '순수 액체'가 떠오르기도 한다. 캡슐 용기의 생수는 이런 점에서 생수의 무의식에 근접해 있다. 적절하게도 그 캡슐형 용기의 표면에는 주기율표의 원소기호를 연상케 하는 큰 영문 로고까지 새겨져 있다.

1,500미터 수심에서 수억 년 전의 물을 길어올린다는 해양심층수가 있다. 이건 정말 '광물'이라고 해야겠다. 빙하수건 해양심층수건 놀라운 점은 공룡시대 물질이 '살아서生' 지금 우리 몸속에 '투입된다'는 사실이다. 그렇게 본다면 이것은 광물이 아니라 '생물'이다. 신화적인 물질이다. 생수는 어떻게 수억 년의 시간 '살아' 있을 수 있는가. 인간의 삶은 물론이요, 지구의 생명체 이전의 시간, 우주적 시간에서 온 이 사물은 그러므로 까마득한 미래에나 실현될 영생불사 생명공학의 현현이 아닌가.

미래의 인류도 생수를 마실까.

선글라스 sunglasses
: 누가 가장 잘 숨었을까

프랑스 일간지 르몽드의 독특한 철학 칼럼니스트였던 로제 폴 드루아의 흥미로운 질문 가운데 이런 것이 있다. '선글라스를 쓴 채 비키니를 입은 여자와 이슬람 전통에 맞춘 베일을 두른 여자 중에 누가 더 자신을 잘 가린 것일까'(『사물들과 철학하기』). 이 질문을 우리식으로 이어받아, 그러나 조금은 다른 관점에서, 가면무도회에서 마스크를 쓴 채 우아하게 춤을 추고 있는 여자를 추가하여 다시 물어보자. 선글라스를 쓴 해변의 비키니 여자와 히잡을 쓴 여자 그리고 가면무도회에 나선 여자 중에 '가장 잘 숨은 사람은 누구인가?'

이 질문은 자기 은폐와 자유 행동의 상관성에 관한 것이다.

자기를 잘 숨길수록 행동의 자유는 커지기 때문이다(그는 '마음대로' 행동하려고 한다). 예컨대 도깨비 감투나 투명인간과 같은 자기 은폐 이야기는 규율과 금기를 넘어서려는 인간 심리를 암시한다. 그런 점에서 보면 우리는 히잡을 둘러쓴 여자가 가장 자신을 못 숨기고 있다고 말할 수 있다. 그녀는 자신의 신체를 가장 많이 가렸지만 그 복장은 개인을 규율하는 질서에 대한 방어의 의미이며, 어떤 행동의 자유도 확장하지 못하는 듯 보이기 때문이다.

이런 논리에 따르면 무도회에 참석한 마스크 쓴 여자는 자기 은폐에 상당히 성공한 모델이다. 가면무도회란 무엇인가. 그것은 파트너를 바꾸는 합법적 일탈 놀이이며, 마스크는 이 일탈에 면책특권을 부여하는 놀이 도구다. 가면무도회를 추동하는 진정한 유희성은 위반에 대한 은밀한 유혹이며, 자기 은폐는 위반-자유를 가능케 하는 심리적 기저를 제공한다. 역설적으로 이 마스크는 공격적인 정치 반군들과도 심리 기저를 공유한다. 반군들의 마스크도 결국 자기 은폐가 가져다주는 심리적 자유를 정치적 저항과 금기 위반의 오브제로 연결시킨 예이기 때문이다.

그렇다면 선글라스를 쓴 비키니 여자는? 여기에서는 논의의 구도가 조금 달라진다. 그녀가 자기 모습을 얼마나 잘 숨겼는가가 아니라, 그녀가 무엇을 보고 있는지를 우리가 알 수 없다는 사실이 중요하다. 초점은 두 응시 주체의 문제가 된다. 그녀의 시선이 어디를 향하는지 우리가 볼 수 없다는 이 조건은 우리에게 기묘한 불안감을 불러일으킨다. 반대로 비키니의 그녀는 아무것도 보지 않으면서도(보고 있을지도 모르지만!) 마치 모든 것을 보고 있는 듯한 전능성을 획득한다. 그녀는 전신을 노출하고 있지만 이 시선의 전능성 때문에 우리의 시선으로부터 완전히 숨을 수 있다. 기이한 것은 선글라스에 대한 우리의 매혹도, 그걸 쓸 때 느끼는 기묘한 쾌감이나 우쭐함도 이 전능성과 깊은 관련이 있다는 사실이다.

제러미 벤담이 설계한 이중 원형 감옥 패놉티콘도, 조지 오웰의 소설 『1984』에서 빅브라더가 지배하는 세계도, CCTV로 가득 찬 오늘의 지구도 이 시선의 메커니즘으로 '전능한 억압'을 획득한다. 나를 보고 있는 그 시선을 내가 볼 수 없다는 시선의 불균형은 우리 시대의 본질을 이룬다. 철학자 미셸 푸코는 어디에나 있으나 어디에도 없는, 어디에나 있으나 나는 볼 수 없는 이 시선의 메커니즘을 '권력'이라고 말했다.

셀카봉 selfie stick
: 1인칭과 3인칭을 통합하는 눈

과거 애플의 신상품 출시 발표 행사장에서 우스운 일이 있었다. 미국의 행사장 앞에서 한국인 소비자들 여럿이 프레젠테이션을 기다리면서 스마트폰으로 '셀카'를 찍고 있었다고 한다. 그런데 손이 아니라 긴 막대기 끝에 스마트폰을 걸어놓고 사진을 찍더라는 것이다. 행사에 참여한 외국 기자들이 그들에게 물었단다. 그 도구가 오늘 새로 출시되는 '비밀 신상'이냐고. 조금 과장을 더하면 그날 행사장에서 비상한 관심을 끈 것은 스마트폰보다 그 긴 막대기였다고 한다. 이제는 보편화되었지만 당시 몇 개의 신문에서 '올해의 상품'으로 선정되기도 했던 이 도구가 무엇인지 알 것이다. '셀카봉'이라는 사물이다.

"Would you please take my picture(제 사진 좀 찍어주시겠어요)?" 외국 여행을 위한 실용영어 책자에 빠지지 않고 들어있는 문장이다. 여행과 사진은 빼놓을 수 없는 연관성을 가지고 있다. 문제는 여행 사진의 풍광 속에 자기를 끼워넣고 싶은 욕망이다. 이를 위해선 찍어줄 타인이 필수적이다. 그런데 다른 사람의 도움을 받아 찍으면 사진이 마음에 들지 않는 경우가 많다. 내 의지대로 카메라 각도를 조절할 수 없기 때문이다. 이런 사진에서 나는 카메라 시점의 주체가 아니라 타인 시선의 '대상'이 될 수밖에 없다. 아무리 나를 중심으로 찍어달라고 부탁해도 카메라는 타인의 시점으로 여과되고 조절된다. 타인의 손에 맡겨진 카메라에서 결국 응시의 주체는 타인이다.

'내가 나를 찍겠다'는 욕망, 즉 셀카의 욕망은 카메라가 발명된 초기 역사부터 계속 존재했다. 삼각대를 세우고 셔터 타임을 조절하는 타이머를 장착하는 방식이 대표적이었으며 일단은 상당히 성공적이었다. 이 욕망의 핵심은 단지 나를 찍겠다는 것이 아니라, '내 시점'으로 제어된 내 모습을 가지고take 싶다는 것이다. 철학적 차원에서 보자면 이는 찍는 주체와 찍히는 대상, 관찰하는 자와 관찰되는 대상을 완벽히 일치시키려는 욕망, 즉 '내가 보고 싶은 나'를 구현(연출)해보려는 욕망이다.

시점point of view이란 곧 내가 서 있는 자리standing point다. 인

간의 눈은 바깥을 향하고 있어서 타인을 볼 수 있지만 자기 자신은 볼 수 없는 아이러니를 가지고 있다. 카메라의 눈인 렌즈는 일찌감치 발달했고 기술의 진보를 통해 점점 더 높은 수준에서 해상도를 실현시켜왔지만, 시선의 주체와 대상을 일치시키는 일은 시점의 문제이므로 해상도와는 별개의 일이다. 테크놀러지의 차원에서 보자면 셀카의 진정한 실현은 필름에서 디지털 형식으로 전환되면서, 특히 카메라의 눈이 휴대전화와 결합하여 일상화되면서 가능해졌다. 바깥을 향하고 있는 사람의 눈과 그 시점을 반영하는 카메라의 눈을 뒤집는 방식으로 하드웨어가 고안된 것이다.

그러나 디지털시대에도 해결되지 않는 게 있다. 카메라의 눈을 나의 방향으로 돌릴 수는 있지만, 내 팔이 여전히 짧다는 사실이다. 카메라의 프레임은 내가 원하는 나의 그림picture을 만족스럽게 잡아주지take 못한다. 공간이 충분히 확보되지 못하므로 셀카는 얼굴을 중심으로 잡고, 신체 전부나 배경은 충분히 담기지 못한다. 페이스북facebook은 단지 사회적 프로필을 뜻하는 메타포로서의 얼굴만이 아니라, 디지털 셀카로 찍을 수 있는 공간적 한계가 얼굴face이기 때문에 생겨난 셀카 시대의 명칭이라고도 할 수 있다.

관광지 곳곳에서 필수품이 된 셀카봉은 바로 이 내 사진 찍기take my picture의 완결판이다. 표면적으로는 팔의 길이를 확장한 것처럼 보이지만 실은 외부에 '타인의 눈'을 설치하는 방법을 매우 간단히 실현한 흥미로운 사물이다. 그렇게 셀카봉은 1인칭 나와 3인칭 타인의 시점을 간단하게 통합한다. 나는 '나'를 객관적 시점에서 볼 수 있다. 시선의 주체와 시선의 대상 사이에 필요한 공간을 확보함으로써, 비로소 나는 풍경을 자연스러운 '나'의 배경으로 만들 수 있게 되었다.

철학적 차원에서 보자면 '나는 생각한다, 고로 나는 존재한다'라는 저 유명한 데카르트적 성찰이나 '혼자 있을 때도 살피고 삼간다'는 뜻의 성리학적 신독慎獨이라는 것도 내가 스스로를 살피는 객관적 시점을 확보하는 일이다. 다만 차이는 셀카봉이 유희적인 기분을 담고 있다는 것이다. 자기 응시의 이 시대적 차이가 이전과 지금 사이에 놓인 문화적 차이를 암시한다고 할 수 있을 지도 모르겠다. 진지성으로부터의 일탈, 존재의 참을 수 없는 가벼움, 그것이 지금 시대다.

손수건 handkerchief
: 배어들어가는 '공감'

손수건에 대한 최초의 기억은 코를 많이 흘리던 어린 시절 엄마가 얼굴을 닦아주던 장면이다. 엄마는 면으로 만든 하얀 손수건에다 코를 풀라고 하셨다. 물자가 지금만큼 풍부하지 않던 시절이라 품질 좋은 티슈를 사용해본 기억이 많지 않고, 두루마리 화장지도 아껴서 썼다. 요즘같이 편의점에서 휴대용 티슈를 흔하게 판매하지 않았으므로 손수건은 꼬마인 내게 외출 시 필수품이었다. 초등학교 입학식 때 엄마가 가슴에 달아주던 물건도 바로 하얀 면 손수건이었다.

이제 손수건은 더이상 어린아이의 필수품이 아니다. 초등학생 가방에는 손수건 대신 휴대용 티슈나 물티슈가 들어 있다.

콧물이든 눈물이든 내 몸의 체액은 일회용 휴지에 배출되어 버려진다. 이러한 사정은 아이들만의 것이 아니다. 요즘은 경제적 풍요 때문만이 아니라 위생 관념의 발전 때문에라도 체액이 묻은 것을 다시 사용하는 일은 피한다.

그러나 손수건의 사용이 현격히 줄어들었다 하더라도 이 사물의 존재 가치가 사라진 것은 아니다. 이 사물은 코를 풀고 눈물을 닦기 위한 실용품이라기보다는 공적인 자리에서 품위를 갖추려는 이들의 패션 아이템이다. 예컨대 남녀가 처음 만난 자리에서 콧물을 휴대용 티슈로 닦는 것과 손수건으로 닦는 것은 전혀 다른 이미지를 형성한다.

손수건으로 자기 몸의 무언가를 닦는 사람을 보면서 상대는 그 사람이 자신의 체액을 받아내는 일정한 사물을 늘 지니고 있다는 사실을 본다. 몸의 흔적이 밴다는 점에서 상대는 그가 제 몸의 시간성을 존중하는 사람일 거라고 생각하게 되는 건 아닐까.

슬픔의 눈물을 흘리던 어떤 날, 한 친구가 손수건을 건네던 순간이 있었다. 그는 자기 몸의 흔적이 밴 손수건에 내 눈물을 받을 수 있도록 허락했다. 내 눈물은 휴지로 버려지지 않고 이 사물을 통해 그에게 다시 건네졌다. 세탁하더라도 어딘가에 남아 있을 타인의 흔적 위에 다시 그의 흔적이 밸 것이다. 공감

empathy이라는 말은 한 감정 속으로 다른 한 감정이 '배어들어' 간다는 뜻이다.

쇼핑 카트 shopping cart
: 권력의 사각 프레임

당신은 가족과 함께 쇼핑 카트를 밀면서 '산책'을 즐긴다. 당신은 입가에 웃음을 띠면서 반려자와 카트를 번갈아 쳐다본다. 흡사 곧 태어날 아기를 태운 유모차를 끄는 젊은 부모의 모습이다.

신도시에 사는 당신의 집 주위에는 두 개의 서로 다른 대형마트가 있다. 어디로 산책을 가든지 커다란 사각형 철제 수레를 미는 곳이라는 점에서는 같다. 이 사물은 제 안에 견고하고 넓고 깊은 빈 공간을 열어놓음으로써 어떤 물건이라도 무사히 받아들일 수 있으리라는 안도감을 준다. 콘플레이크, 생선, 샴푸, 신발, 자동차 용품과 조립용 의자까지 빼곡히 담겼다. 무엇이든 수용하는 무차별성이 이 사물의 '톨레랑스(관용)'를 보여 준다.

360도 자유자재로 방향을 바꿀 수 있는 바퀴는 유연성을, 브레이크가 없으면서도 원하는 지점에 정확히 정지하고 뒤로 밀리지 않는 설계는 예민함과 뚝심을 드러낸다. 그래서 당신은 어떤 물건을 향해서라도 쉽고 빠르고 우아하게 다가갈 수 있다.

쇼핑 카트는 진화하고 있다. 공간은 더 커지고 튼튼해지며 각진 인상은 갈수록 부드러워진다. 손잡이에 항균 필름을 두르고 그립감이 좋은 디자인으로, 구매자 주변의 추천 상품 정보를 실시간으로 조회해주는 태블릿컴퓨터가 부착된 카트까지 등장했다. 관용과 유연성에 위생과 똑똑함까지 갖춘 것이다.

쇼핑 카트를 단지 커다란 장바구니라고 여기는 것은 오해다. 오늘날 이 사물은 도시 산책의 친절한 동반자요, 아기가 없는 당신에게는 유모차를 대신한다. 이 사물은 일용할 양식과 소중히 보듬어야 할 일상을 당신의 차까지 의전한다.

대형 마트는 상점 주인과 얼굴을 대면하지 않는 익명성, 농산물(생물)에서 가전제품(무생물)에 이르기까지 일상 전체를 아우르는 재현성, '1+1' 덕용 포장의 미덕까지 갖춘 도시의 터전이자 학교다.

카트 내부의 빈 사각형은 무엇이든 가득 채우는 게 미덕이라는 후생을 가르친다. 학생이 되거나, 욕망의 해방자가 되거나. 또는 자기 절제가 얼마나 어려운지를 훈련받는 금욕주의 수도사가 되거나(동안거에 들어간 선방 스님의 수행이 어려울까, 대형마트 식품 할인 코너 앞에 선 주부의 절제가 어려울까). 이곳은 주체의 의지를 시험하는 장소다.

권력이란 무언가를 하게 만드는(강제하는) 능력이다. 일련의 정치철학적 통찰에 따르면 전근대 사회의 권력은 '하지 마라'라고 금지를 명령한다. 반면 오늘날의 권력은 '무엇이든 행하라'고 권유한다. 그렇다면 지금 우리에게는 이 견고하고 부드러운 사각 프레임이 곧 권력이 아닐까.

스냅백 snapback
: 스타일이 정신이다

오늘날 스타일style은 '옷 입는 방식'이란 뜻으로 가장 많이 사용된다. 하지만 본래 스타일은 펜stylus이라는 뜻이었다. 문체라는 뜻도 여기에서 비롯되었으며 양식의 의미까지 포괄한다.

스타일 숭배의 시대지만 과거에는 스타일에 신경 쓰는 사람을 '폼 잡는다'라는 말로 비아냥대기도 했다. 패션 아이템인 스냅백은 어쩌면 '폼'에 가장 부합하는 사물일지도 모르겠다. 챙이 살짝 아래로 구부러지는 일반 모자와 달리 이 모자는 챙이 짧으며 시선과 평행하거나 오히려 위로 꺾인다. 본래는 똑딱이 단추가 있다고 해서 붙여진 이름이지만 이 사물의 핵심은 바로 챙에 있다.

이 '폼'은 다른 모자들과 비교할 때 두드러진다. 야구모자는 챙을 아래로 구부려 써야 제맛이다. 이때 눈은 챙의 그늘로 가려지며, 타인과 나 사이에는 다소 불공평한 시선의 위계가 생긴다. 야구모자를 썼을 때 쾌감을 느낀다면 이 시선의 메커니즘이 영향을 주고 있을지도 모른다. 길고 각 잡힌 챙을 가진 경찰모도 있다. 이 챙은 제도의 완강함과 규율에의 복무를 상징한다. 나들이용 큰 차양 모자의 챙은 부드러운 곡선이다. 그것은 유희적인 기분을 드러내는 폼이다.

반면 스냅백의 챙은 빳빳하다. 그러나 그것은 경찰모와 달리 관성적 질서에 순응해서 살지 않겠다는 저항심을 드러낸다. 이 빳빳함은 완강함이라기보다는 젊은 에너지의 표현이다. 짧은 챙은 '까칠한' 비타협성을 웅변하는 듯하다.

스냅백은 앞뒤를 거꾸로 돌려 쓰거나 챙을 위로 꺾어올려 썼을 때 진가가 드러난다. 거꾸로 쓸 때 이 사람에게 가장 어울리는 폼은 달리는 자세다. 앞만 보고 달리지만 시선을 멀리 던지지는 않는다. 너무 멀리 삶을 전망하며 계산하는 것은 스냅백의 주인에게 어울리지 않는 폼이란 말이다. 그에게는 현재만이 있다. 챙이 거꾸로 꺾여올라간 스냅백은 야구모자처럼 자기 시선을 숨기지 않는다. 떳떳함이야말로 스냅백의 고유한 스타일이다. 위로 올라간 챙만큼이나 시선은 개방되어 있다. 어떤 이들은 이 스타일에서 '삐딱이'를 볼 수도 있겠지만, 개방된 시선이 더 많은 것을 향해 있으리라는 점만은 틀림이 없다.

스타일은 폼이고 폼은 정신이다. 아리스토텔레스는 사물의 본질은 폼form이라는 옷을 입고서만 나타난다고 했다.

스마트폰 케이스 phone case
: 내 뇌는 이런 모양이에요

스마트폰 케이스의 소비 시장은 생각보다 크다. 작은 장식품에 불과해 보이는 케이스지만, 시장의 규모나 움직임을 거시적으로 살펴보면 어떤 흐름이 감지된다. 스마트폰 케이스가 부수적인 액세서리만은 아닐 수 있다는 통찰이 그것이다.

스마트폰 케이스 디자인은 빠른 속도로 진화하고 있다. 후면만 감싸는 전통적 케이스부터 전면을 다이어리처럼 감싸는 케이스, 테두리만 보호하는 범퍼형이 있는가 하면 단말기 디자인을 고스란히 드러낼 수 있는 투명 스킨 형태도 있다. 재질은 아크릴, 젤리, 가죽, 메탈 등 다양하다. 지갑과 결합한 케이스도 있다. 이는 스마트폰 케이스가 지갑만큼이나 필수품이 되어가고 있음을 뜻하는 것일 수 있다.

이 흐름에 명품 패션 업체까지 동참하는 현상은 상징적이다. 이는 스마트폰 케이스가 스마트폰의 버전 업그레이드에 따라 주기적으로 디자인 변화를 수반하는 '패션'의 성격을 지닌다는 사실과도 연관이 있다. 신체가 변화하면 옷의 사이즈가 변하고 계절이 변화하면 옷의 스타일이 바뀌는 것처럼 스마트폰 케이스의 운명도 그러하다.

여기에서 원초적인 질문을 다시 던져보자. 왜 사람들은 스마트폰 케이스에 집착하는가. 혹시 그것은 이미 지갑이나 패션 이상의 무엇은 아닌가. 현대인들에게 스마트폰은 신체와 분리된 휴대용 외장하드, '뇌'로 인식되고 있는 것은 아닐까. 스마트폰 케이스는 외장형 뇌의 보호품이자 '내 뇌는 이런 모양이에요'를 표현하는 '뇌의 옷'이 되고 있는 건 아닐까. 한 아이템을 위한 대규모 패션 시장이 형성된다는 것은 앞으로 '휴대용 뇌'의 급속하고 독자적인 발전가능성을 암시한다. 운동화의 혁신이 운동을 '스포츠'로 진화시켰듯이. 어쩌면 뇌의 옷이 거꾸로 휴대용 뇌의 형상을 변화시킬 수도.

스카프 scarf
: 봄의 날개

풍경의 안팎은 유리창에 가로막혀 나뉘어 있지만, 굳이 나가 보지 않아도 계절의 변화는 분명히 느껴진다. 햇살이 내리쬐는 3월의 창가는 2월의 창가와는 다르다. 책상 앞에 앉으면 좀처럼 움직이지 않는 내게도 바뀐 햇살이 외출의 욕망을 부추긴다. 그건 새싹의 기운, 연두의 유혹이다.

당신에게 봄은 어떤 사물로부터 오는가. 내게 불현듯 연두의 욕망을 불러일으키는 사물은 거리를 오가는 이들의 스카프다. 그들의 스카프는 파스텔톤이며 얇고 투명하다. 목을 휘감았으나 겨울의 목도리와 달리 피부에 밀착되어 있지 않다. 스카프는 목 위에 살짝 떠서 부풀어 있다. 스카프는 목을 덮지 않고 아주 가볍게 '터치'한다. 목덜미를 절대 보여주지 않겠다는 완강한 고집이 느껴지는 목도리와는 달리, 봄의 스카프는 목선을 숨기지 않으며 반투명한 실루엣으로 오히려 개방한다. 스카프는 보는 이의 시선을 꿈꾸는 듯 목으로 유도한다.

실크로 만들었건 리넨으로 만들었건 전형적인 봄의 스카프는 '하늘'거린다. 제법 쌀쌀한 바람이 불기도 하는 봄날, 스카프는 하늘로 날아갈 듯 가볍다. 날아갈 듯 위태롭고 그래서 경쾌하기도 한 이 사물은 마치 목에 두른 날개 같다. 스카프에서 가볍게 풀려나오는 연두의 기운은 어쩌면 날개의 무의식이 아닐까.

그러나 스카프의 날개는 낯선 여행지, 먼 원정길로 날아가려는 새의 단단한 의지 같은 것이 아니다. 스카프를 맨 이들은 가장 문명적인 옷을 입은 셈이고, 여기에서 하늘거리는 것은 귀가를 전제로 한 외출의 율동이다. 이 율동은 맹렬하지 않지만 몽상적 이미지로 거리에 파스텔빛 유혹을 선사한다. 보는 이의 시선이 이 사물로 모이는 것도 그 순간이다. 이 시선에 의해 비로소 스카프의 욕망하는 날개는 두 짝으로 완성된다. 하지만 거꾸로 질문할 수도 있다. 스카프의 유혹이 있어 시선이 생겨나는가, 시선이 있기 때문에 유혹을 발산하는가. 욕망은 독립적이지 않고 상호의존적이다.

어쨌든 연애가 시작되기 좋은 시간이 스카프의 계절이라는 사실에는 틀림이 없다. 연애를 원하는가. 두 짝의 욕망으로 하늘거리는 날개를 둘러보라.

스케이트 skates
: 칼날 위의 집중력

스케이트화는 수많은 신발 가운데서도 유독 특이한 사물에 해당한다. 사실상 신발 바닥이라고 할 스케이트 날의 폭은 불과 1~1.5mm에 불과하다. 피겨스케이트의 경우는 조금 넓어서 4~5mm가 된다. 그래봐야 이 사물은 1cm도 안 되는 칼날을 밑창으로 삼고 있다.

발바닥의 관점에서 보면 사실상 쇠로 된 '칼날' 위에 서 있다고 할 수 있다. 세계적인 피겨스케이터들은 칼날 위에서 새처럼 높은 도약과 아름답고 정교한 곡선의 예술을 보여주는 셈이다. 보는 이들의 혼을 쏙 빼놓는 칼날 위 기술은 작두 위에서 춤을 추는 무속의 탁월한 예인藝人들이 지닌 신기와 비슷한 면이 없지 않다. 국가대표급 스피드스케이터들은 또 어떤가. 이들은 칼날 위에서 순전히 자기 근육만을 동력원으로 시속 50km 이상의 속력을 낸다. 자동차의 정속 주행 속도가 시속 60km라는 사실을 상기한다면 이것은 가히 쾌속이다.

흔히들 스케이트 날이 칼날처럼 얇은 것은 빙판과 접지하는 면을 줄여서 마찰력을 덜기 위한 것이라고 생각한다. 그러나 빙판에서 날의 폭과 마찰력은 실제로는 별로 상관이 없다고 한다. 날이 얇아야 하는 이유는 다른 데 있다. 날이 얇을수록 몸무게가 좁은 면적에 집중됨으로써 날과 접촉하는 빙판에 가해지는 압력이 세지고, 해당 접지면의 얼음이 잘 녹게 된다. 스케이트의 속도는 몸의 하중을 받는 날의 압력으로 녹은 얼음물이 어떻게 윤활유 역할을 하느냐에 크게 좌우된다. 한편 피겨스케이터의 우아한 도약과 턴, 안정감 있는 착지의 핵심은 공중 동작에서 몸의 중심이 분산되는 것을 최소화함으로써 얼마나 구심력을 확보하느냐에 달려 있다.

온몸의 무게를 1cm도 안 되는 칼날 위에 모아 그 힘으로 치고 나가는 스피드스케이팅이나 균형감 있는 점프가 필수적인 피겨스케이팅의 원리에는 공통된 부분이 있다. 온몸의 중심을 한곳으로 모으는 극대화된 집중력이다. 지성의 기술이라 할 학문이나 정신적·종교적 차원의 명상 원리, 감각에 집중하는 기술이라 할 예술의 원리가 이와 본질적으로 다르지 않다.

스탠드 desk lamp
: 어둠을 드러내는 불빛

밤의 어둠이 깃들어도 나의 작은 방에는 전체를 밝히는 형광등이 켜지는 법이 없다. 사방이 책들로 둘러싸인 비좁은 공간 한편에 겨우 자리잡은 책상이 있고, 그 위에 놓인 낡은 스탠드가 이 방의 유일한 불빛이다. 무드를 위해 스탠드를 켜는 것은 아니다. 다만 글을 쓰는 나에게 적절한 불빛을 선택하는 것뿐이다. 나는 가끔 이 사물이 그 순간 나에게 주어진 지상 유일한 불빛이 아닐까 생각할 때가 있다.

'적절하다'는 무슨 뜻일까. 아리스토텔레스의 정의justice처럼 '각자에게 각자의 몫을 주는 것'일까. 하지만 각자의 몫이란 명징하면서도 애매하기 이를 데 없는 개념이기도 하다. 이 사물은 그 의미를 몸소 보여준다. 스탠드 불빛은 꼭 필요한 자리에 꼭 필요한 만큼만 비춘다. 그것은 방 전체에 분산되는 빛도 아니며 필요 이상으로 내리쏟는 과잉된 빛도 아니다. 스탠드는 글자들 하나하나와 문장의 율동성을 드러내는 데 꼭 필요한 만큼만 비추는 최소 불빛이다.

이 불빛의 특징은 이것이 어둠을 '제거'하는 빛이 아니라는 사실에 있다. 사정을 말하자면 거꾸로다. 스탠드의 불빛은 어둠에게 본래 형상을 돌려준다. 스탠드를 켜는 순간 주변은 더 어두워진다. 하지만 이것은 암흑이 아니다. 평균치로 방안에 퍼져 있던, 그래서 보이지 않던 어둠이 스탠드 주위로 모여 또렷하게 제 모습을 '드러낸다'. 어둠은 지워지지 않는다. 오히려 우리는 어둠이 여기 존재했다는 사실을 비로소 인식한다.

어둠은 부드럽고 은밀하며 깊게 체험된다. 어둠은 지각될 뿐만 아니라 우리를 휩싸면서 우리 몸을 만진다. 이 체험은 우주의 어둠이 일소해야 할 나쁜 것만은 아니라는 사실을 깨닫게 한다. 그것은 선도 악도 아니며, 다만 그저 있을 뿐이다. 현자들의 표현에 따르면 있는 그대로를 그렇다고 함因是이다.

스탠드에서 나오는 최소한의 적절한 빛은 밝음과 어둠, 만상에 대한 인간들의 선입견과 이분법을 은은하게 드러내고 가로지른다.

스펀지 sponge
: 중심을 지닌 수용력

셀프 세차장에서 세차를 했다. 물을 뿌리고 거품 세제로 닦은 후 물로 헹구었다. 물기를 먹은 차가 오래간만에 윤이 났다. 그런데 낭패다. 물기를 닦으려고 보니 세차용 물걸레를 가져오지 않았던 것이다. 하는 수 없이 세차장 주인에게 물걸레를 사겠다고 했더니 걸레 대신 세차용 스펀지를 써보지 않겠느냐고 한다.

과연 스펀지의 효율성은 높았다. 짜내야 하는 번거로움 없이 단번에 표면의 흥건한 물기를 깨끗이 닦아냈다. 정확히 말하자면 스펀지는 물기를 닦아낸 게 아니라 자신의 작은 몸체 내부로 거의 완벽히 흡수한 것이다. 세차의 마지막 과정은 스펀지를 두 손으로 꽉 움켜쥐는 것이었다. 그 작고 가벼운 몸체에서 믿어지지 않을 정도로 많은 물이 쏟아져나왔다.

스펀지의 특징은 어떤 종류의 액체든 빨아들이는 강력한 흡수력과 아주 쉽게 다시 액체를 쏟아내는 배출력에 있다. 물기를 흡수할 때는 실감이 크지 않지만 물기를 짜낼 때는 작은 입방체가 지닌 흡수력에 새삼 놀라게 된다. 액체를 흡수한 상태의 스펀지는 고체의 외형을 하고 있지만 사실상 액체에 가깝다.

스펀지는 물걸레 대용만은 아니다. 침대나 소파, 방석 등 쿠션의 재료로 널리 이용된다. 운동화 밑창에 들어가는 소재 역시 일종의 스펀지다. 알다시피 스펀지가 지닌 강력한 탄성 때문이다. 스펀지는 액체만 잘 빨아들이고 배출하는 것이 아니라 외부에서 가해지는 압력도 잘 흡수했다가 배출한다.

이 사물의 놀라운 점은 외부의 물질과 힘을 최대한 온전히 수용하면서도 제 형체를 상하게 하지 않으며 본래 자기 형태로 되돌아온다는 사실이다. 스펀지의 탄성은 '중심'을 지닌 수용력이다.

중국 춘추시대의 공자는 군자君子와 소인小人이 다음과 같은 관점에서 다르다고 말한다. 군자는 주위를 살펴 환경과 창조적 협력 관계를 만들면서도 자기중심을 보존하고 소신을 유지한다和而不同. 반면 소인은 소신 없이 주위에 동화되지만 정작 창조적 협력도 화합도 못한다同而不和. 스펀지라는 현대적인 사물에서 내가 본 것은 인간에 대한 고전의 지혜다.

시스루 see-through
: 욕망이 옷이 된다면

영화 〈아이언맨 3〉의 여주인공인 귀네스 팰트로의 시사회 복장이 화제가 된 적이 있다. 그녀는 어깨선 아래로 등과 허리, 다리까지 훤히 비치는 드레스를 입었다. 투명하게 보인다고 하여 일명 누디룩noody look으로도 불리는 이 스타일의 이름은, 시선이 관통한다는 의미의 '시스루'다.

그 이름에 걸맞은 옷이 되려면 애초에 속이 잘 비치는 옷감을 사용해야 하며 두께를 가지고 있지 않은 듯 매우 얇게 재단되어야 한다. 몸매를 적나라하게 드러낸다는 점에서는 스키니와 비슷하지만 속살에 달라붙지 않는다는 점에서 그와 정반대 스타일의 옷이다. 시스루의 핵심은 옷감이 속살에서 살짝 '떠 있어서' 어렴풋한 이미지 형상을 오히려 또렷하게 드러내는 역설적 메커니즘에 있다.

인간이 속살을 숨기기 위해 옷을 입는다는 사실은 분명하다. 그러나 시스루는 인간에게 그 이상의 강렬하고 은밀한 속내가 있음을 추측하게 하는 옷이다. 시스루를 통해 가장 적나라하게 드러나는 부위, 바꿔 말해 가장 드러내고 싶어하는 부위는 어디인가. 이 옷은 일반적으로 문명의 육체가 숨기려는 부위를 드러내고 시선을 집중시키는 효과를 발휘한다.

시스루는 우리의 시선을 즉각적으로 모으지만 결정적으로는 아무것도 보여주지 않는다. 하늘거리는 실루엣은 시선의 최종적인 목표 지점을 은폐한다. 언뜻 주위 시선을 즐기는 노출증처럼 보이지만 실은 그렇지 않다. 시스루는 보일 듯 말 듯 옷을 입은 몸에 시선을 끌어들이는 동시에 옷감을 뚫고 들어온 시선을 우아하고 기술적으로 차단한다. 이 '밀고 당기기' 때문에 옷을 향한 주변 사람들의 관심이 지속된다.

정신분석에서는 이런 희망 고문을 환상fantasy이라고 부른다. 환상은 욕망의 다른 이름이다. 정신분석의 분류법에 따르면 욕망desire과 욕구need는 다르다. 욕구는 채워지지만 욕망은 채워지지 않는다. 욕망은 행복의 성취, 완벽한 만족을 줄 듯이 우리를 유혹하고 우리는 매혹당하지만 끝내 그 대상을 당해내지는 못한다. 욕망의 대상은 늘 승자다. 욕망은 내가 선택할 수 없으며 얻었다고 생각하고 만족하는 순간 대상으로부터 빠져나가 어딘가로 옮겨가기 때문이다. 완벽한 만족에 대한 매혹과 밀당, 영원히 소유할 수 없는 만족의 상실과 이동, 희망 고문의 영원회귀. 이것이 욕망이라는 심리 운동이다. 욕망이 가장 완벽한 자기 스타일을 입었다면 무엇일까. 시스루가 아닐까.

신호등 signal light
: 왜 빨간색을 보면 멈춰 서는가

노랑, 빨강, 파랑. 신호등의 점멸 순서다. 사거리 교차로에서는 이 순서에 좌회전 신호가 추가된다. 대체로 노랑, 빨강, 좌회전 신호, 파랑의 순서다. 교차로의 좌회전 차선에서 운전석에 앉은 나는 신호를 기다린다. 빨간불이 켜지고 횡단보도로 사람들이 건너간다. 빨간불이 꺼지자 브레이크에서 발을 떼어 액셀로 옮긴다. 그러나 아뿔싸! 좌회전을 하며 앞으로 나가려는 순간 발을 다시 브레이크로 옮겨 밟는다. 빨강 다음에 좌회전 신호가 아니라 파란색 직진 신호가 먼저 떨어지는 신호등이었던 것이다.

우리 몸이 환경에 적응하는 방식이 이렇다. 직진과 좌회전과

정지를 명하는 신호등은 현대인의 신체에 각인된 무의식적 동선 체계다. 신호등은 두뇌 이전에 반사신경을 자극한다. 그렇다면 다시 묻자. 신체의 동선을 반사적으로 조종하는 이 사물은 대체 무엇인가. 왜 사람들은 빨간색을 보면 무조건 서고 파란색을 보면 순순히 움직이는가. 모든 이가 일사불란하게 따르는 이 사물의 명령 때문에 도시가 무사히 순환하는 것이 다행스러운 일이긴 하지만 말이다.

한번 생각해볼 점은 이 자동 반응적 체계 속에서 빨간색과 정지 명령 사이에는 필연성이 없다는 사실에 있다. 물론 파란색과 직진 명령 사이에도 아무런 의미 연관이 없다. 그러나 일단 정해진 신호 체계 안에서 살게 되면 우리는 신호등의 색깔과 지시 명령 사이에 필연적 연관이 있다고 믿게 된다. 그리고 몸은 그 믿음을 자동적으로 좇아간다.

기호 표현(말/문자)과 기호가 가리키는 의미 사이에 아무런 연관성이 없다는 발견은 획기적인 사유 전환 중 하나다. 소쉬르에 의해 이론적으로 주장되었지만 『장자』와 같은 고대 동양 사유에서도 이미 날카롭게 제기된 문제다. 화가 마그리트는 말을 그린 그림 밑에 '나무'나 '사과' 같은 제목을 임의로 붙이는 장난을 하곤 했다. 사람들이 철석같이 믿는 사회적 기호 체계가 근거 없음을 꼬집기 위한 것이다. 철학도 예술도, 우리가 의

지해 사는 확고한 상식이 관성에 불과할지 모른다는 의심에서 시작된다.

야구공 baseball
: 지구와 닮은꼴

야구공의 단면을 본 적이 있는가. 두 장의 흰 가죽을 맞붙여 적색 실로 꿰매어 만든 거죽 속으로 들어가면 중심을 촘촘하게 감싸고 있는 실뭉치가 나온다. 그 중심에는 작은 구 모양의 코르크가 박혀 있다. 이 단면도는 지각-맨틀-핵으로 이루어진 지구 내부와 상당히 유사하다. 그래서일까. 겨우 주먹만한 이 작은 사물의 값어치는 상상을 초월한다.

LA다저스가 한화이글스의 투수 류현진을 영입하면서 지불하기로 한 연봉은 6년간 3,600만 달러다. 뉴욕양키스 알렉스 로드리게스의 연봉은 10년간 2억 5,200만 달러라고 한다. 어림잡아도 3,000억 원이 넘는 돈이다. 하루에 8,300만 원, 시간당

350만 원씩 버는 셈이다.

2023년 한국의 국내 최저임금은 시간당 9,620원이다. 미국 캘리포니아의 2023년 최저임금은 15.5달러이다. 우리보다는 높은 수준이지만, 그렇다 하더라도 이 작은 '공놀이' 스포츠 스타들에게는 비할 바가 아니다. 때로 극심한 불균형이 당연하다는 듯이 여겨지기도 한다. 스포츠 스타의 천문학적인 연봉도 그렇다.

20대 80을 넘어서 99대 1의 경제적 불평등에 각성을 촉구하던 월가 시위를 떠올려보자. '월가를 점령하라'는 구호는 나오지만 '야구장을 점령하라'는 구호는 결코 나오지 않는다. 이 관용을 어떻게 이해해야 할까.

인류학적 통찰에 따르면 사회에는 생산과 보존을 전제로 한 '소비'와는 다른 '탕진'의 메커니즘이 있다고 한다. 경제는 합리적으로 운영되는 듯이 보이지만 생명과 물질의 전적인 소모 자체를 목적으로 하는 비합리적 요소들이야말로 오히려 문명의 기저를 이룬다는 통찰도 있다(조르주 바타유). 예컨대 옛사람들의 거대한 무덤(피라미드와 왕릉)이나 신을 위한 성대한 희생제의는 지금도 종교 예식과 장례식의 형태로 전승되고 있다. 사치품, 예술, 도박 등도 물적 탕진을 구현하는 문명의 기제다.

현대의 '공놀이' 역시 인간화된 신(스타 혹은 별)을 숭배하는 탕진의 경제학이 현대화된 희생제의다. 그래서 야구공은 지구(문명)의 단면을 닮았나보다.

양 말 socks
: 고른 것은 누구일까

구시대에는 불황이 깊어지면 여자의 스커트가 짧아진다는 속된 말이 있었다. 그러나 요즘 짧아지는 것은 치마 길이만은 아니다. 바지 길이도 짧아지고 있다. 그러자 주목받지 않았던 패션 아이템이 관심을 끌게 됐다. 신발 속에, 바지 밑단에 가려졌던 양말이 그것이다.

전통적으로 남자에게 양말은 바지 밑단 속으로 은폐하거나 무채색으로 튀지 않게 해야 하는 억압의 사물이었던 듯하다. 그러나 최근 도시인의 발을 관찰해보라. 발등에 바이올렛이 피었고, 발목에 무지개가 떠 있으며, 알록달록한 물방울이 복숭아뼈 주위에서 보글거린다. 이제 양말은 신는 게 아니라 '입는'

사물이다. 이 현상을 불황의 소비심리학 대신 사회적 징후의 일종으로 볼 수도 있다. 사적인 삶의 영역이 남김 없이 공개되어가는 추세의 한 반영으로 말이다.

한 TV드라마를 보았다. 소위 초식남 캐릭터는 초식남의 양말을, 상남자는 상남자의 양말을 신고 있었다. 다른 양말 스타일을 통해 그들의 성격과 세계관을 구별하여 보여주려는 듯했다. 그러나 거꾸로 물을 수도 있지 않을까. 상남자가 자신에게 맞는 양말을 골랐을까, 아니면 '상남자스러운' 양말이 그를 상남자로 만들었을까(보이게 할까).

문득 떠오른 것은 20세기의 지적 스캔들이었던 구조주의 이론이다. 주체(사람)가 사물을 선택하는 게 아니라 사물들의 질서 속에서 주체가 그에 맞는 행위와 사고방식을 배우처럼 '연기'한다는 이론이다. 문화 내에서 질서를 통제하는 것은 주체가 아니다. 질서는 하나의 커다란 바둑판처럼 주체들이 움직일 수 있는 길을 예비한다. 바둑판은 구조화된 질서이고 주체들은 바둑판에 임의의 선 긋기를 할 수 없다. 주체는 바둑판의 돌처럼 그 길을 따라 움직일 수밖에 없다. 예컨대 인간은 언어를 사용하지만 말을 알아듣기 위해서는 그 말들의 논리구조와 어휘 체계가 개별적 인간의 존재 '이전'에 문화의 조건과 규범으로 주어져 있어야 한다. 개인이 언어를 만들 수 없으며 이미 주어진 언어 체계를 전승과 교육 등으로 학습하려고 노력할 뿐이다.

양말의 구조주의란 물론 비약이다. 구조주의는 대상이 아니라 질서의 체계이며 그걸 누가 만들었는지 알 수 없다. 개인들은 자신들이 어떤 종류의 바둑판 위에서 움직이고 있는지 의식하지 못한다. 그에 비해 개개의 양말은 저작권자가 있으며, 물리적인 사물이고, 심지어는 내가 취사 선택할 수도 있지 않은가.

여기서 얘기하고 싶은 것은 인간이, 개인이 스스로 생각하는 것보다 훨씬 허약한 존재라는 사실이다. 군복이 군인을 만든다면 정돈된 슈트가 '인간(신사)'을 만든다. 그러나 무지개 양말과 물방울 양말을 신어본 이라면 이 이론이 슈트뿐 아니라 양말에도 적용된다는 사실을 알 것이다. 이 경우는 '기분'의 층위에서 좀더 무의식적으로 신체에 스민다. 양말이 감싸는 발이 신체의 바닥, 머리에서 가장 먼 곳에 있기 때문일까. 어쩌면 이 사물이 그날 하루 당신의 발걸음을 제어하는 가이드일 수도 있다. 길의 동선을 온전히 당신이 선택했다고 생각하는가. 궁금하다면 무채색 '신사 양말'을 벗고 무지갯빛 양말을 '입어'보라. 변화의 통로는 의외로 간단한 곳에 있을 수도 있다.

양 산 parasol
: 그늘을 만드는 일

우산과 양산은 모양이 똑같지만 용도는 정반대다. 하나는 비를 하나는 뙤약볕을 피하기 위해서 가지고 다닌다. 하나는 방수용 천으로 만들고 다른 하나는 프린트가 선명하게 드러나도록 마직을 많이 이용한다. 마직은 물에 취약한 재료다. 두 사물은 용도뿐만 아니라 재료도 정반대라고 할 수 있다.

우산이 먼저 생겼을까, 양산이 먼저 생겼을까. 양산을 써본 적이 별로 없는 이들은 당연히 우산이 먼저일 거라고 생각할 것이다. 그러나 무엇이 먼저인지는 정확히 알 수 없다. 예상과 달리 우산이 먼저라고 단언하기 어렵다는 뜻이다. 우산은 기원전 고대 이집트 기록에서도 보일 정도로 오래된 사물이다. 그런데 이런 벽화 중에는 커다란 종려 잎을 흔들고 있는 여자들의 모습도 보인다. 이때 종려 잎은 바람을 만드는 부채일 수 있지만 그늘을 만드는 양산일 수도 있다. 더 흥미로운 것은 우산을 뜻하는 영어 단어 엄브렐러umbrella의 어원이 라틴어 그늘umbra로 거슬러올라간다는 사실이다. 우산의 어원이 '그늘'이다? 그렇다면 우산은 오히려 그늘을 만드는 양산의 파생품이라는 추측도 가능한 게 아닐까.

흥미로운 것은 과거에는 우산이 여성의 전유물이었다는 사실이다. 고대 이집트나 그리스, 로마 등 서양의 고대문명에서 남자들은 비를 막으려고 우산을 쓰는 일을 남자답지 못하다 여겼다고 한다. 지금은 보편적으로 여기는 사물이 전혀 그렇지 않게 인식되던 시절도 있었다는 말이다. 그런 흔적은 지금도 군대에 화석처럼 남아 있다. 2022년 공시된 국방부 부대관리훈령을 보면 복장에 관한 규정(26조)이 있다. '군복을 입고 보행할 때 우산을 사용하거나 담배를 피우거나 음식물을 먹거나 주머니에 손을 넣어서는 아니 된다'는 것이다. 그러나 현대의 누가 우산을 여성의 전유물로 생각하겠는가.

그렇지만 양산을 쓰고 다니는 남성은 여전히 드물다. 양산은 여성의 물건이란 생각이 지배적이란 말이다. 그러나 우산이 여성의 물건일 수 없는 것처럼 양산도 여성만의 물건일 수 없다. 우산을 여성의 사물이라고 보는 것이 골동품적 발상이라면, 양산을 여성의 전유물이라고 보는 시각도 근거 없는 셈이다. 여름 햇볕은 남녀노소를 불문하고 누구에게나 따갑지 않은가.

연등 lotus lantern
: 우리 안의 신성

동양인에게 절은 종교 이전에 문화적 공간이다. 옛날이야기에는 흔히 스님 주인공이 등장한다. 한국의 문학 유산 중에서 가장 오래되었고 가치 있는 문헌 중 하나가 바로 『삼국유사』다. 그 내용의 상당수가 절이라는 공간을 둘러싸고 벌어지는 흥미진진한 이야기다. 불교는 인간과 세계에 대한 고도의 통찰을 보여주는 놀라운 철학이기도 하다.

불교 하면 어떤 사물이 가장 먼저 떠오르는가. 대개 스님의 목탁과 염주를, 혹시 산사에 머물러본 경험이 있는 이라면 새벽과 저녁의 타종 소리를, 어떤 이는 목어나 풍경을 떠올릴 수도 있겠다. 법당 한가운데 앉아 있는 불상은 기본이다. 그럼 달리 질문해보자. 불교의 사물 중에서 절에 한 번도 가보지 않은 비종교인, 게다가 도시인인 이에게 가장 친숙한 사물이 있다면 무엇일까. 매년 음력 4월이면 거리를 색색의 빛깔로 물들이는 연등이 아닐까.

연등은 불가의 상징인 연꽃을 모티프로 한다. 진흙 속에 피는 연꽃은 불가의 상징이기 전에 그 자체로 매력적인 문학적 비유가 될 수 있다. 음력 4월이 되면 연등은 하늘에 떠 있는 연꽃으로 가볍게 부풀어 도시 거리를 따라 걸린다. 다양한 파스텔톤 불빛이 비추는 봄 거리는 연애에도 산책에도 좋은 공간이다.

크리스마스트리와 연등은 종교 성인의 탄생 순간을 상징하는 대표적인 사물이다. 크리스마스트리가 기독교인만의 전유물이 아니듯이 연등 역시 신앙으로서의 불교를 넘어서 동양 문화의 일부로 존재하는 친숙한 사물이다. 그렇다면 종교적 상징성과 문화적 오브제로서 성격을 공유하는 두 사물의 차이는 무엇일까.

크리스마스트리와 연등의 이미지를 떠올려본다. 크리스마스트리는 크게, 단독으로 세우지 여러 개를 세우는 경우가 드물다. 한 그루 나무지 '더불어 숲'은 아니라는 말이다. 반면 연등은 단 하나로 내걸리지 않는다. 또 연등은 시청 앞 트리처럼 규모를 크게 만들지 않는다. 작은 크기의 연등이 여러 개 줄지어 걸리는 식이다. 이 사물은 작지만 군집으로서 빛나며, 서로 다른 빛깔의 등들이 같은 높이로 줄지어 내걸린다. 그러므로 모든 연등燃燈은 연꽃으로 피었다는 의미에서 연등蓮燈인 동시에 이어져 있다는 뜻에서 연등連燈이기도 하다. 평등한 높이로 걸린 하나하나의 등들이 어두운 하늘을 배경으로 공중에 이어져서 '연대'의 아름다움을 피워올리는 것이 바로 연등의 미학이다.

이러한 연등의 모습에서 부처님 오신 날과 성탄절의 차이에 대한 힌트를 얻을 수는 없을까. 본래 기독교의 신과 같은 개념이 불가에는 없다. 신이란 천지창조와 전능성의 담지자요 주재자 아닌가. 그러나 부처란 깨달은 사람을 뜻하는 산스크리트어 붓다Buddha의 한자식 발음일 뿐이다. 부처는 기독교의 여호와와 같이 특정 신을 지칭하는 고유명사가 아니라 고도로 각성된 인간성의 상태를 지칭하는 일반명사다. 불교에서는 부처가 되기 위해서 먼저 보살이 되어야 한다고 가르친다. 보살이란 용어 역시 산스크리트어다. 산스크리트어로 보디사트바Bodhisattva라는 말을 한자로 음차하면 '보리살타'가 되는데, 붓다와 같은 어원을 공유하는 이 말의 뜻은 '깨닫기 위해 애쓰는 자' '깨달음의 가능성을 가지고 있는 자' 정도로 풀 수 있다고 한다. 부처의 예비 단계인 보리살타를 줄여서 보살이라고 부른다.

붓다가 되기 위해서는 먼저 보살이 되어야 한다. 여기에서 의미심장한 것은 보살이 특별한 능력을 지닌 존재로 태어나는 게 아니라 누구나 마음먹으면 이를 수 있는 존재라는 사실이다. 참된 존재, 각성된 존재가 될 수 있는 가능성은 누구에게나 열려 있다. 불교에서 구원의 길은 절대적인 신과의 만남이 아니라 자기 안에 있는 신성에 대한 자각에 달려 있다.

경주 불국사佛國寺의 이름에는 부처의 나라가 현세에 이루어지기를 바라는 기도가 담겨 있다. 부처의 나라는 어떤 모습일까. 어둠 속 하늘에 가볍게 떠올라 같은 높이로 퍼져나가는 색색의 연등 같은 나라가 아닐까. 한 명의 강력한 전능자가 다스리는 나라가 아니라 사람들이 저마다 자신 안에 있는 선한 기운과 힘을 발견하고 그렇게 살려는 일상적 노력을 통해 서열 없는 평등한 삶을 이룬 세상.

인간이 깨달은 자로서 신성한 존재가 될 수도 있다는 데서 니체가 떠오른다. 그는 『차라투스트라는 이렇게 말했다』에서 인간을 '짐승과 신 사이에 놓인 다리'라고 얘기했다. 니체 역시 서양의 부처가 되려는 사람이었다. 그러나 나는 그의 가르침을 반대 방향에서 되새겨보곤 한다. 사람이 제 안에 깃든 신성을 꽃피우려는 자각과 노력이 없으면, 신이 아니라 반대로 짐승의

나락에 떨어질 수도 있다는 경고가 아닌가 하고 말이다. 사실 니체는 인간의 일상성은 늘 짐 진 낙타와 같은 노예적 짐승 상태에 놓여 있다고 보았다.

연필 pencil
: 존재의 근원을 쥔 손

길이 17.2cm의 가느다란 육각형 나무 대 한가운데 지름 0.8cm의 검은 심이 박혀 있다. 이게 이 사물의 전부다. 경우에 따라 심의 굵기에 차이가 있지만 대단한 모양의 변주는 없다. 극히 단순한 모양새만큼이나 이 사물의 쓰임새는 명확하며 사용법은 간단하다. 특별한 설명도 필요 없이, 손에 쥐면 누구나 그 즉시 사용할 수 있는 사물, 연필이다.

어린아이도 연필을 쥐여주면 바로 무언가를 쓰거나 그리기 시작한다. 그런데 아이에게 '쓴다'와 '그린다'는 무슨 뜻인가. 그건 입-말에서 손-글자로, 눈으로 맞닥뜨린 자연을 재현하는 세계로 진입한다는 뜻이 아닌가. 글자건 그림이건 간에 연필이 재현하는 세계는 더이상 자연 그대로의 세계가 아니다. 문화文化라는 말은 '글자로 된 세계'라는 뜻이 아닌가. 그렇다면 연필은 자연인으로 태어난 어린아이가 문화적 존재가 되는 과정에서 만나는 최초의 문명 기제라고 해야 하지 않을까.

물론 아이들의 연필이 대개 영화 〈토이 스토리〉의 인형과 같은 운명을 겪는 건 사실이다. 아이가 손에 쥐었던 최초의 문명 도구는 청년이 되고 어른이 되면서 샤프나 볼펜 등으로 바뀐다. 요즘은 아날로그 펜 자체가 사라져가기도 한다. 그럼에도 불구하고 미대생들의 데생과 크로키에 샤프나 만년필을 사용하지는 않는다. 미래에도 이 사실에는 큰 변함이 없을 것 같다.

매일 책을 읽고 글을 쓰며 강의 노트를 작성하는 내 필통을 가득 채우고 있는 것도 연필들이다. 정신을 집중한 독서중의 메모, 예민한 감각과 사유를 동원해야 하는 원고와 강의 노트에서 나는 어김없이 샤프나 볼펜이 아니라 연필을 사용한다. 이 상황에서 생각을 매개하는 손은 샤프나 볼펜의 매끈한 감촉을 싫어한다. 왜일까.

이 단순한 사물의 구성물이 수상하다. 몸통은 나무다. 한가운데에 박힌 검은 심은 흑연이다. 하지만 연필심은 순수한 흑연만은 아니다. HB 기준 연필심의 흑연은 70% 정도고 30%는 진흙이다. 이 진흙이 심의 모양이 갖춰지는 데 결정적인 역할을 한다. 흑연이라는 광물을 진흙과 섞고 불과 뜨거운 공기에 구워 만든 '토기'가 바로 연필심이다.

서양인이 최초의 과학자라고 부르는 이오니아의 자연철학자들은 물, 불, 흙, 공기를 우주의 기본 원소라고 이해했다. 아리스토텔레스도 이 관점을 고수했다. 어쩌면 연필을 쥔 손은 머리보다도 먼저 우주의 기본 원소들과 접촉하는 느낌을 알아채는 게 아닐까. 첨예한 사유와 예술은 존재의 근원과 만나는 지점에서 탄생한다. 그 근원에는 우주의 기본 원소들이 있다. 연필을 쥔 손은 '문화'도 이 근원과 연결되어 있음을 감각한다.

우산 umbrella
: 비오는 날의 선물

'머피의 법칙'이라는 용어가 있다. 의도했던 일들이 뜻대로 잘 안 풀리고 거듭 꼬일 때 쓰는 말이다. 머피의 법칙을 일상에서 절실히 느끼는 때가 언제인가. 장마철은 아닌가. 매해 머피의 법칙은 반복된다. 우산이라는 사물과 더불어서 말이다.

올여름에도 장마가 시작된다는 일기예보에 일주일 내내 가방에 우산을 넣고 다녔다. 그러나 일기예보는 우리를 자주 배반한다. 날은 화창하다. 우산은 비가 안 올 때는 몹시 귀찮은 짐이 되는 사물이다. '일기예보에 또 속았구나' 투덜대면서 내내 우산을 가지고 다니던 나는 다음날부터 우산을 가지고 나오지 않는다. 그런데 하필이면 바로 그다음날 퇴근을 하려고 길을 나서니 비가 내린다.

임시로 비닐우산을 사야 하나 말아야 하나 하는 고민이 격렬하게 시작된다. 회사와 지하철역 사이의 거리를 떠올리고, 다시 도착역에서부터 집까지의 거리를 떠올리며 달려갈 수 있을까 주판알을 튕겨본다. 아무래도 빗방울은 굵고 비를 맞고 가기에는 거리가 멀다는 계산이 나온다. 하지만 몇천 원을 주고 사기에도 망설여지는 게 바로 우산이다. 이런 식으로 구입한 임시 비닐우산이 너무 많으니까!

'최초에 우산을 만든 사람은 왜 우산을 만들었을까' 하는 엉뚱한 질문을 본 적이 있다. 당신 같으면 뭐라고 대답할까. '자기만의 지붕을 갖고 싶어서!'라는 게 그의 대답이었다. 이 사유자의 멋진 상상력이 담긴 대답을 이어받아 나는 이런 식으로 생각해본다. 우산은 가장 집중력을 발휘하는 사물이라고 말이다.

접혀 있던 우산을 공중을 향해 펼치자마자 하늘에는 방사형의 가는 뼈대와 작고 둥근 천으로 이루어진 지붕이 마술처럼 둥실 펼쳐진다. 그 둥근 지붕은 오직 비 오는 순간에만 유효하며 나에게만 봉사하는 일인용이다. 물론 이 사물이 두 사람의 공동 지붕이 되는 경우도 있기는 하다. 그렇다 하더라도 사정은 마찬가지다. 두 사람이 어떤 사이건 간에 이때만큼은 연인처럼 하나가 되어 보폭을 맞추지 않을 수 없으니까. 그러므로 우산이 '일인용 지붕'인 것은 인정해야겠다.

우산의 이 공간적 시간적 집중성으로 인해 우산의 효용성에는 극단적인 일이 발생한다. 우산은 비 오는 절박한 순간에 100%의 효용성을 발휘하다가, 비가 그치면 사용가치가 제로가 되고, 나아가 불편함을 초래하며 효용성이 마이너스가 되는 사물이다. 사용하지 않을 때 이만큼 휴대가 거추장스러운 사물도 많지 않다.

아무튼 이런 우산의 집중성과 머피의 법칙이 결부되어 우리는 필요하지 않을 때 우산을 들고 다니다가 정작 필요한 순간 우산을 휴대하고 있지 않은 경우가 많다. 여느 집에 몇 개씩 있는 비닐우산은 그 때문이다.

나는 그래서 비를 맞고 그냥 뛰어갈 결심을 한다. 그리 멀지 않은 지하철역까지의 거리를 마음속으로 계산한 후 심호흡을 한다. 건물 밖으로 막 뛰어나가는 순간이었다. 뒤에서 누가 부른다. "함선생, 비 맞지 말고 이 우산 가져가세요. 난 우산이 또 있으니까."

그 순간 그 말이 그렇게도 고마울 수가 없다. 우산의 효용가치는 비 오는 날 100%니까. 나 역시 또다른 친구에게 우산을 빌려준 적이 있다. 하지만 나는 우산을 돌려주지 못했고, 다른 동료에게 우산을 돌려받지 못했다. 화창하게 갠 다음날 우리는 어제 빌린 우산을 잊기 때문이다. 그래서 누구나 그렇게 받고서 돌려주지 않은 타인의 우산이 있고 빌려주고서 돌려받지 못한 우산이 있는 것이다. 언젠가 뜻밖에 친구 집에서 당신이 빌려주었던 낯익은 우산이 있는 것을 발견할지도 모른다. 모든 이의 집에 이렇게 우산이 돌고 돈다.

그래서 이 사물에는 특이한 무의식이 깃든다. 빌려주거나 빌리거나 어느 쪽이건 간에 빚 갚듯이 꼭 받아야겠다는 생각을 하지 않는 느슨한 사물이 되는 것이다. 효용 100%의 순간에 기쁘게 빌리거나 빌려주는 이 사물은 그래서 사실상 '선물'과 비슷한 것이 된다. 부채 의식도 조건도 없는 기쁨의 증여, 이게 바로 선물이니까. 거의 모든 이의 집에 타인의 손때가 묻은 우산이 적어도 하나씩은 존재하는 이유가 바로 이 때문이다. 우리는 사실 잠정적으로 선물을 주고받았던 것이다!

『자본론』의 저자 카를 마르크스는 주고받는다give and take는 행위를 등가교환과 교환가치라는 경제학 용어로 번역하고, 이것이야말로 오늘날 현대적 삶의 본질이라고 해석했다. 하지만 소설가 톨스토이는 거꾸로 말한다. 공동체에 무언가 '반짝이는 풍경'이 생겨나려면 대가를 바라지 않는 조건 없는 증여, 그러니까 우리 중에 누군가 한 사람쯤은 계산을 덜 하거나 하지 않는 '착한 바보'가 되어야만 한다고.

우산은 교환가치가 본질이 된 오늘의 세계에 조건 없는 증여로 기쁨을 선사하는 드문 사물이다. 선물은 주는 이와 받는 이 모두에게 기쁨을 준다. 오늘 갑자기 비가 내린다. 동료에게 우산을 건네보라. 이 무상의 선물이 당신과 친구 모두를 기쁘게 하리라.

원탁 round table
: 평등한 식탁

지인의 가족으로부터 저녁식사 초대를 받았다. 그의 집 식당에는 작지도 크지도 않은 원탁이 놓여 있었다. 원형 식탁과 둥근 식기들이 잘 어울린다. 가지런히 배열된 원형의 접시들을 가만히 쳐다보다가 조용히 식탁에 앉는다.

원탁은 좌우와 위아래가 없다. 가로와 세로도 없다. 원탁의 본질은 식탁에 앉으면 바로 드러난다. 앉는 순간 주인과 손님의 구별은 지워진다. 원탁의 자리 배치는 어디로 보나 평등하다. 상석과 말석의 자리 구분은 자연스럽게 사라진다. 모서리가 없으므로 중심이라 할 만한 자리도 없다. 좌장座長은 존재하지 않는다.

음식의 배치에도 유사한 효과가 빚어진다. 원형 식탁에는 음식의 방향이라 할 만한 게 없다. 상석에 가까이 놓인 음식, 왼편과 오른편을 구별하여 놓은 음식이란 게 없다. 이 무심한 배치의 의미는 직사각형 제사상과 비교하면 뚜렷하다. 제사상에 오를 수 있는 음식과 오를 수 없는 음식이 있다. 예컨대 생선 중에도 어魚 자가 붙은 것은 오르고 치 자가 붙은 것은 오르지 못한다. 위아래, 왼편과 오른편에 따라 할아버지의 밥과 할머니의 밥에 순서가 있으며 할아버지의 밥과 증조할아버지의 밥에 서열이 있다. 빨간 과일과 하얀 과일이 놓이는 방향이 다르며 육지 음식과 바다 음식 사이에도 위계가 있다. 제사상에서는 음식의 위치가 곧 사회적 의미다. 격식을 따진 한국의 전통사회에서는 제사상을 물리고서도 남자가 먼저 식사한 후에야 여자가 식사했다.

둥근 식탁은 방향과 위계와 서열이 없는 테이블이다. 평등한 식탁이다. 저녁 식탁 앞에서 모두는 하루의 노동 끝에 일용할 양식을 마주한 허기진 인간일 뿐이지 않은가. 프란치스코 교황이 초대하는 식탁에는 교황과 평신부, 사제와 신도, 남자와 여자, 어른과 아이의 자리 구별이 없으며 심지어는 기독교도와 비기독교도, 일반인과 범죄자의 구별이 없다. 그는 자신의 생일 식탁에 노숙자와 더불어 버려진 개를 똑같이 초대해 앉혔다.

그가 지금 상기시키고 있는 것은 그리스도 예수가 바로 이 평등한 식탁 그 자체라는 사실이다. 그리스도의 테이블에는 상석이 없다. 메시아는 원형 탁자다.

의자 chair
: 사람의 뼈대에서 나온 자연주의

인간의 특성을 규정하는 여러 학명이 있다. 호모사피엔스, 호모로퀜스, 호모루덴스, 호모파베르. 요즘에는 호모에코노미쿠스라는 말도 사용한다. 용어는 인간의 가장 중요한 특징을 무엇으로 이해하는가에 따라 계속 만들어질 수 있다. 그런데 방금 얘기했던 이 학명들의 공통점이 무엇인지 아는가. 공교롭게도 여기에는 인간의 신체적 특징을 직접 반영한 학명이 없다. 슬기인간, 언어인간, 놀이인간, 도구인간, 경제인간. 호모폴리티쿠스라는 말도 정치인간이라는 뜻이다. 인간을 동물과 구분하여 생각하는 경향에서 온 것이다. 그런데 오히려 거꾸로 출발해야 하는 게 아닌가. 인간이 정신적인 존재이기는 하지만 이런 접근은 인간의 몸뚱이, 즉 유물론적 이해를 간과하게 하는 측면이 있다. 사람도 동물이다. 몸은 인간을 파악하는 출발점이며, 이것이 몸 가진 인간들이 모여 만든 사회에 대한 이해에도 도움이 되지 않을까.

내가 특별히 주목하는 용어는 신체적 특징을 반영하는 학명이다. 어떤 학명이 그러할까. 그렇다. 호모에렉투스Homo Erectus! 서서 걷는 인간이라는 뜻이다. 신체 구조의 진화론적 역사를 반영한다는 점에서 이 학명은 '동물에서 출발한' 인간종種을 표현하고 있다. 신체 구조상의 단 한 가지 결정적인 지점, 즉 척추를 땅과 수직 방향으로 세우고 걷는다는 점에서 여타 동물과 차이가 있지만 말이다. 이 차이가 인간이 디스크와 치질이라는 질병을 갖게 된 이유라고 한다.

그렇다면 호모에렉투스가 아니었더라면 출현하지 않았을 도구도 있지 않을까. 바로 의자가 그러하다. 인간에게 의자는 숙명적 사물이다. 피할 수 없는 도구다. 의자는 네발 동물에서 분리되는 방향으로 진화함으로써 반쯤은 선 채 엉덩이를 걸쳐 앉는 인간만의 특성을 직접 반영하는 도구다. 의자의 본질은 땅으로부터 수직 방향으로 허리를 세우고 있는 신체 구조에서 나온다. 그래서 의자의 역사는 생각보다 매우 오래되었다. 의자는 인간이 문명의 외형을 갖추는 시절에 최초로 만든 도구 중

하나였던 것 같다.

그렇다면 아주 오래전의 의자 모양은 어떠했을까. 진화론적 관점에서 인간은 유전자가 지닌 보수성으로 인해 뼈대가 크게 변하지 않았으므로 최초의 의자 역시 지금과 거의 같은 모양이었으리라는 추측이 가능하다. 실제로 고대 유물 속 의자들을 보면 기본 형태는 그때나 지금이나 같다. 의자는 가장 오랜 역사를 지닌 사물이면서도 전면적 형태 변화를 꾀하기 어려운 디자인적 보수성을 지닌 사물인 것이다.

이런 완고한 보수성에도 불구하고 엄청난 변종이 생산된다는 사실은 흥미롭다. 식탁용과 카페용이 다르고, 가정용 의자와 미용실 의자가 다르다. 비슷비슷해 보여도 학생용 의자와 증권가 사무실의 의자는 같지 않다. 황제나 천자의 의자와 왕이나 제후의 의자가 달랐고, 귀족의 의자는 왕의 의자와 구별되었다. 부르주아계급이 주도하는 시민사회가 등장했지만 20세기 초까지만 해도 한 집안에서 계급을 가장 적나라하게 구별해주는 사물이 의자였다는 얘기가 있다. 부르주아계급의 집에 들어가면 어디에 주인의 방이 있고 어디에 하인이나 집사의 방이 있는지 의자를 통해 바로 알 수 있었다고 한다. 침실과 거실, 현관과 복도에 놓인 의자의 양식이 신분에 따라 달랐던 것이다.

오늘날 의자가 훨씬 다양화된 까닭을 디자인의 문제로만 생각할 수도 있으나 이런 신분 의식 또한 여전히 알게 모르게 남아 있다. 한 사무실에서도 직급에 따라 다른 의자를 배치하는 경우가 많기 때문이다. 왜 그럴까. 유의할 점은 의자와 직접 관련이 있는 동사 '앉는다'라는 단어다. 의자의 다양성은 앉는다는 말에 내포된 사회적이고 무의식적인 함의에서 나오는 것이 아닌가. 앉는다는 말은 단순히 신체 행위뿐만 아니라 어떤 사회적 지위에 오른다는 뜻을 중의적으로 내포한다. 평등사회가 된 오늘날까지 사장과 평사원의 의자가 다른 까닭도 여기에 있는 게 아닐까.

누군가 내게 세상에서 가장 아름답고 개방적인 사무실 공간을 디자인해보라고 한다면 어떻게 할까. 적어도 의자를 매개로 다음과 같은 원칙을 확정할 것이다. 첫째, 지위와 상관없이 모두 같은 의자로만 구성된 공간을 만들 것. 둘째, 의자 디자인에 사회적 위치를 암시하는 불필요한 장식을 걷어내고 신체 구조만을 반영한 기능적 의자들로 채울 것.

인간은 나이와 신분적 고하와 문화·인종·성별의 차이를 막론하고 동일한 척추 구조를 지녔다. 의자는 직립보행을 하는 인간의 신체적 한계와 필요를 직접적으로 반영하는 사물이다. 어딘가에서 본 카페의 의자도 그런 점에서 아름다웠다. 사람의 뼈대만을 오롯이 반영한 디자인이었다. 핀란드의 국민 건축가 알바 알토Alvar Alto가 디자인한 의자 '스툴 60'은 장식적 요소를 걷어내고 기능에 충실한데, '위대한 평민'을 지향하는 핀란드의 교육 철학을 반영하기라도 하듯 핀란드의 학교, 도서관, 가정 등에 차별 없이 보급되어 있다고 한다(김진우, 『앉지 마세요 앉으세요』, 안그라픽스, 2021). '위대한 평민'은 위대하도록 평등한 의자를 통해 길러진다.

이어폰 earphones
: 연인들의 공동체

저만치 떨어진 공원 벤치에 나란히 앉은 여자와 남자가 환하게 웃는다. 계절은 어느덧 만추를 지나 겨울에 와 있지만 그들의 웃음은 계절의 변화를 거스르는 듯 싱그럽고 다사롭다. 굳은 표정을 하고서 빠른 걸음으로 공원을 걸어가는 사람들과 그들의 표정은 얼마나 다른가. 세상에 속하면서도 세상 사람들과 다른 표정을 하고 있는 그들은 지금 서로 닮은 얼굴이다.

벤치에 앉은 남자의 오른쪽 귀에서 뻗어나온 하얀 줄이 여자의 왼쪽 귓속으로 뻗어들어간다. 한 시인은 이어폰을 낀 사람을 보고서 이어폰이 마치 신체에서 뻗어나온 식물의 줄기 같다고 얘기한 적이 있다. 둘이 나누어 낀 이어폰이 한 신체에서 또다른 신체로 뻗어나간 식물의 줄기 같았던 거다. 줄기가 이어져 있다면 그들을 하나의 나무라고 할 수도 있지 않을까. 그렇다면 이어져 있는 이어폰을 통해 함께 짓고 있는 그들의 웃음은 햇빛을 받아 광합성을 하는 나무처럼 성장의 표현이 될 것이다.

저 연인의 귓속에서는 지금 어떤 음악이 들리고 있을까. 계절에 어울리는 피아노 소리일까, 우수에 찬 재즈 색소폰 연주일까. 사람의 음성으로 불리는 로맨틱한 노래일지도 모른다. 아니면 음악이 아니라 라디오 DJ의 재밌는 연애담일지도 모른다. 이 순간 분명한 것은 저 둘이 같은 소리를 듣고 있으나 다른 이들은 그들이 무엇을 듣는지 알 수 없다는 사실이다. 누군가 저 연인들을 곁에서 계속 관찰한다고 한들 그들의 세계에 낄 수 없다는 사실은 변하지 않는다. 나 역시 멀리서 그 커플의 표정을 유심히 쳐다보았지만 그들이 함께 듣고 있는 소리를 엿들을 수 없다. 이어폰은 그런 점에서 세상에 배타적인 사물이다.

이어폰과 헤드폰은 자기가 듣고 싶은 소리를 광장에서 분리하여 자기만의 밀실로 가져오는 독점의 도구다. 그러나 이어폰과 헤드폰은 또 다르다. 헤드폰은 친한 친구나 사랑하는 연인이 곁에 앉아 있다고 해도 소리를 나누어 공유할 수 없다. 반면 이어폰은 가능하다. 식물의 줄기 같은 가는 선을 양쪽으로 나누어 연인들이 각자의 귀에 한쪽씩 꽂을 수 있다. 소리의 동시 공유가 가능하다. 이어폰은 밀실을 두 사람만의 공동체로 확장하는 마술 선이다. 그렇다면 이어폰이야말로 헤드폰보다 더 은밀하고 짜릿한 밀실을 완성하는 도구가 아닐까. 나 외에 오직 단 한 사람, 그리하여 둘이 공유하는 비밀이 혼자 간직한 비밀보다 은밀하고 달콤하지 않은가. 밀실의 역설은 자신 외에 두 유형의 타자가 필요하다는 사실에서 비롯된다. 밀실의 존재를 모르는 타인들과 존재한다는 사실을 알고 있는 또다른 타인 말이다. 그러므로 무인도에 고립된 로빈슨 크루소의 집은 밀실의 자격을 갖지 못한다. 이어폰 하나로 주위 사람들과는 다른 환한 웃음 그리고 같은 표정을 하게 된 데는 바로 이런 이유가 있는 것이다. 타인이 끼어들지 못하는 밀실, 그러나 그 순간 자기 자신 외에 단 한 사람과만 그 밀실을 공유하고 있다는 은밀한 즐거움.

그런데 그들은 이어폰을 통해 지금 무엇을 공유하고 있나. '소리'다. 이상하지 않은가. 겨우 소리의 공유만으로 표정이 같아지다니. 이어폰을 매개로 그 둘이 공유하고 있는 대상은 돈도 명예도 아니다. 소리는 별 쓸모를 가지지 못한 것, 무용한 것이다. 대체 공기 속에 떠도는 소리가 무슨 물질적 소용이 있다는 말인가. 그것은 취향, 맛, 느낌의 공유 같은 것이다. 돈으로 환산되지 않으며 보이지도 손에 잡히지도 않는다. 없지 않지만 분명히 있다고 할 수도 없는 것, 그들은 바로 이 순간 이걸 공유하고 있다. 역설은 여기에 있다. 유용한 것은 쓸모가 다하면 소모되지만, 애초에 무용한 것은 소모될 수 없다는 사실. 그들은 그래서 소모될 수 없는 것을 공유한다고 할 수 있다.

이 소모 불가능한 것은 잡히지 않고 쪼갤 수 없는 것이다. 분할할 수 없는 것을 공유한다는 점에서 그들은 '불가능'을 공유한다. 그때 그들은 세상에 없는 그들만의 공동체를 건설한다. 이 순간 이어폰이 진정으로 건설한 것은 '연인들의 공동체'다. 작가 모리스 블랑쇼에 따르면 연인들의 공동체가 존재하는 유일한 목적은 사회라고 불리는 제도의 관성을 무너뜨리는 것이다. 연인은 사회에서 불가피한 교환가치 중심의 실용적 사고를 아무렇지 않게 넘어서는 존재다.

인터넷 internet
: 바벨의 도서관

죽지 않는 한 명의 영원한 순례자가 한 도서관을 스쳐지나 갔다고 해보자. 그는 자신이 수세기 후에 동일한 책들이 동일한 무질서 속에서 반복되고 있는 도서관을 다시 지나가고 있음을 확인하게 될 것이다. 무질서의 무한한 반복은 질서의 형상을 하고 있다. 이 도서관의 서가는 무한하다. 서가와 서가 사이에는 무한한 책장이 존재한다. 마치 장자의 무한無限처럼 도서관은 안도 없고 바깥도 없다. 끝없이 확장되며 끝없이 깊어지기 때문이다. 책장에 꽂힌 임의의 책을 펼치면 무한한 책장이 펼쳐진다. 한 권의 책을 이루는 모든 책장 사이에는 무한한 책장이 들어 있기 때문이다. 작가들의 작가로 불리는 보르헤스는 자신의 소설에서 이 도서관을 '바벨의 도서관'이라고 불렀다. 그는 이 도서관이 모든 책의 암호인 동시에 모든 책에 대한 해석이 되는 '단 한 권의 책'이라고 말한다.

바벨의 도서관의 핵심은 무질서의 무한한 반복이 형성하는 '질서'에 있다. 무질서한 반복은 무엇이며, 어떻게 무질서의 반복이 질서가 될 수 있는가. 이것은 단순한 말장난이 아니다. 우리가 지금 질서라고 생각하는 것은 실은 어느 시점에서 규정되고 제한된 한 덩어리로서의 배치일 뿐, 움직이고 변화하는 무질서의 한 흐름에 불과하다. 유한한 존재인 인간은 현재가 존재의 유일하고 완결된 형식(질서)이라고 단언할 수 없다. 질서는 한시적이고 제한되어 있으며 영원한 것은 무질서다. 유동하는 무질서, 시간의 흐름에서 계속 변화하는 존재, 그것을 무질서의 무한한 반복이라고 표현해도 무방하지 않은가. 무한한 반복이란 잠정적으로 규정된 질서에 가해지는 가변성이며, 늘 변화하는 시간의 흐름 위에 떠 있는 현재라고 얘기할 수 있지 않을까.

아날로그시대에 기록된 보르헤스의 「바벨의 도서관」을 디지털시대의 관점에서 해석한다면 무엇이 될까. 지식의 가변성이 매우 빠른 속도 그리고 무한히 진행되는 방식으로, 즉 무질서가 무한히 반복됨으로써 어떤 한시적 관점에서 지식의 집적이 이루어지는 정보 세계의 비유로 볼 수 있지 않을까. 가변적 정보는 잠정적인 질서, 즉 '책'이 된다. 그런데 이 책은 실시간으로 수정되는 정보의 가변성으로 인해 책장과 책장 사이에 다시 무한한 정보를 주입한다. 책들은 서로를 지시하고 인용하며 참조할 수밖에 없는 속성으로 인해 다른 서가의 책들과 만난다. 책장도 서로서로 다른 책장을 참조하고 지시한다. 그것은 책들의 정보가 무한 링크된 '동일한 책들'의 세계라는 뜻이다. 그래서 그것은 모든 책의 암호이면서 해석인 한 권의 책이 된다. 한 권의 책은 다시 세상의 모든 책과 링크되면서 무한히 순환하고 확장되는 도서관이 된다.

보르헤스가 반세기 전에 제안한 바벨의 도서관은 오늘날 '인터넷'이라는 한 권의 책이 발견됨으로써 실증된 것 아닌가. 태초에 로고스logos가 있었다고 한다. 말이라는 뜻을 지닌 이 단어는 질서란 뜻도 가지고 있다. 인터넷은 디지털시대의 도서관이지만 실은 노자나 장자처럼 말하고 있다. 질서의 근간은 제한될 수 없는 무질서이며 무제한성의 잠정 형식일 뿐이다. 삼라만상의 운동 자체가 이러하다. 무한한 생성과 변화, 이게 우주의 도道다.

■ **Chapter 4**

사事+물物 : 마음의 사건, 너머의 쓸모

자 ruler
: 마음의 침척針尺*

'척 보면 안다'라는 말이 있다. 여기서 척은 도량형의 단위로서 본래 '자'의 한자어를 일컫는 것이다. 낚시꾼들이 큰 고기를 낚았을 때 월척했다는 말을 쓰는데, '한 자 넘는' 고기를 잡았다는 뜻이다. 자를 뜻하는 척尺은 상형문자다. 손바닥을 펴서 무언가를 재고 있는 엄지손가락과 가운뎃손가락을 표현한 '그림'인 셈이다. 무언가를 재는 기준을 자라고 부르는 것은 각종 도량형의 측정이 원래는 '한 뼘' 같은 신체 비례를 기준으로 시작되었기 때문이리라. 오늘날에는 눈에 보이지 않는 소립자의

* 바느질할 때 쓰는 자를 뜻한다.

세계를 재는 아주 작은 자나, 상상하기 어려운 광대무변의 우주공간을 잴 수 있는 엄청난 사이즈의 자까지 나왔다. 이런 자의 발명을 통해 인간의 기준이 포괄하지도 추측하지도 못하는 규모의 존재가 있음을 새삼 깨닫게 된다.

사물의 길이와 부피와 무게를 재는 자는 사람에게 공간 감각의 통일성을 확보하게 하고, 개인 간 물건 교환을 가능하게 하며, 측정을 통한 각종 기술의 발달, 세금의 수취 등 문명의 전진 과정에 있어 전방위적 필수물이다. 자는 기준 없는 세계에 기준을 부여하여 개별적이고 파편적인 세계 감각에 계산·계측에 관한 통일적인 원근감과 보편적인 합의 기준을 부여한다. 법의 정신을 상징하는 정의의 여신이 한 손에 천칭을 들고 있는 까닭은 무엇인가. 아리스토텔레스의 정의론인 '각자에게 각자의 몫을 준다'라는 말은 정의가 몫을 정확히 재는 자와도 밀접한 관련이 있으리라는 암시를 준다.

그러나 인간사회에서 누구나 합의할 수 있는 보편적 기준, 통일된 척도를 만드는 일은 생각보다 쉽지 않다. 관점과 가치와 사회적 위치와 문화적 차이와 역사적 단계에 따라 기준은 유동적이다. 인류라는 보편성을 이야기하지만 차이는 이를 무색하게 할 정도로 크다. 무엇이 옳은가, 무엇이 그른가, 아름다움과 추함의 기준, 적절함과 부적절함, 정당함과 부당함의 기준은 각자 다르고 그래서 극히 불안정하다. 법과 도덕적 기율이 사회마다 시대마다 조금씩 다르게 존재하고, 경우에 따라서 내용 면에서도 매우 상이하다는 사실이 이를 증명하지만, 실은 인간 행위에 대한 공준의 척도로서 강력한 터부와 법이 존재한다는 사실 자체가 역설적으로 자의 불완전성을 방증한다.

인간의 역동 안에는 정해놓은 자를 의심하거나 자의 존재 자체가 생명을 제어하는 억압 기제라는 인식을 통해 사회적 척도에 저항하는 움직임이 있다. 분별도 하지 말고 기준도 만들지 말라는 노자나 장자의 말도 결국 인공의 자를 만들고 또 그 자를 정교화하면 할수록 인간이 자연의 생기로부터 멀어진다는 얘기다. 그들이 반감을 가진 것은 결국 자를 정교화하는 문명이다.

어떤 사회가 강력한 통일 척도로서 하나의 자를 갖게 될 때 그 사회는 완전하고 더 효율적인 사회가 될까. 모두가 비슷한 생각을 하고 명령과 지시와 수행이 일사불란하게 이루어지는 사회가 진화한 세계일까. 최근 국내외에서 벌어진 역사 논쟁을 보면 우리 사회도 '단일한 상상의 자'를 가진 사회인지 모른다. 사회와 개인, 과거와 현재, 개인의 역사적 경험, 계급적·계층적 위치 차이에서 발생하는 분열과 시차를 무화하고 통일시키려는 '단일민족'이라는 이데올로기도 그중 하나다.

'내로남불'이라는 용어는 이율배반에 관한 말로 21세기 한국사회에 친숙하게 유통되고 있다. 내로남불은 내가 지닌 자가 자기 자신에게는 적용되지 않는 자기 분열을 지시하는 동시에, 내 자를 기준으로 타인을 계측하고 억압하는 양상을 드러낸다.

어떤 자는 내가 그것을 지니고 있음을 밖으로 드러내지 않는 게 낫다. 사람살이를 하다보면 정교한 계산 능력으로 생활의 자를 늘 들고 다니는 '현명한 생활인'들을 만나게도 된다. '더치페이'도 명확하고, 절세의 지혜도 탁월하며, 투자 대비 가성비를 기막히게 측정하는 이들이다. 사회적 척도에 따라 인생 스케줄을 장기적으로 잘 재고 계획하여 현재를 규율하며 사는 삶은 우리네 일상 풍경이기도 하다. 이 풍경 속에서 현재라는 시간은 아직 일어나지도 않았고 어쩌면 앞으로 일어나지도 않을 미래 시간표를 위한 '준비물'이다. 소위 '잘 산다' '성공했다' '출세했다'고 평가받는 생활인들은 이 '재는' 능력이 매우 발달했다.

시인 김수영은 "무엇이든지/재볼 수 있는 마음은/아무것도 재지 못할 마음"이라며, "삶에 지친 자여/자를 보라/너의 무게를 알 것이다"(「자針尺」)라는 시를 쓴 적이 있다. 사람살이에는 잴 수 없는 것, 맹목의 진심만이 도달할 수 있는 세계가 있다. 사람과 사람이 깊이 닿는 마음의 세계에서 신비한 존재 사건은 생활인의 감각이 들고 재는 자 너머에서 일어난다. 머리가 재기 전에 마음과 마음이 먼저 닿고 대화하며 움직이는 진심의 세계가 있다. 그곳에서는 자가 무용지물이다. 마음의 고갱이가 일상의 자를 쓰지 않아서이기도 하지만, 잴 수 있는 내 마음의 상태·운동을 실은 나조차 모르고 있기 때문이다. 마음의 사건에도 헤아림이 아예 작동하지 않는다고 말할 수는 없다. 그러나 그런 신비한 마음의 율동에는 생활인의 척도와는 전혀 다른 방식의 헤아림이 작용한다.

자 동 문 automatic door
: 기계의 도덕 능력

엄밀히 말해 문은 닫혀 있을 때는 벽이다. 문은 독립적으로 존재할 수 없으며 늘 벽의 일부이다. 문이 비로소 문이 되는 때는 열리는 순간이다. 그런 점에서 문은 공간적이라기보다는 시간적인 사물이 아닐까.

벽이 문이 되려면 손으로 이 사물을 밀거나 여닫아야 한다. 그런데 이 당연한 문의 사용 방식은 이미 크게 달라졌다. 도시의 일상적인 풍경에서 거스를 수 없는 변화 가운데는 손을 사용하는 문이 사라지고 있다는 사실도 있다. '열려라 참깨'라는 주문을 외지 않아도 알아서 열리는 자동문은 도시 속 건물의 대세다. 자동문은 큰 건물뿐만 아니라 아파트 현관이나 작은 편의점에 이르기까지 널리 사용되고 있다.

자동문과 관련해서 주목할 만한 철학적 직관을 내놓은 이는 아도르노였다. 20세기 문명의 일상에 대한 선구적 통찰을 담은 에세이집 『미니마 모랄리아』에서 그는 당시 서구 도심의 첨단 건물에 나타나기 시작한 자동문을 언급한다. 지나치게 압축적이어서 이해하기 쉽지 않지만, 한마디로 요약하면 '자동문이 경험을 상실하게 한다'는 것이다. 그는 자동문을 본격적으로 도래할 20세기 삶의 축소판으로 보고 이에 대해 강력한 문제의식을 끌어낸다.

여기에서 그가 쓴 '경험'이라는 말을 깊이 있게 이해하는 것은 중요하다. 아도르노는 경험을 단지 어떤 일을 겪는다는 뜻이 아니라 행위를 통해 몸이 무의식적으로 기억하는 통찰이나 사유의 깊이라는 차원에서 사용한다. 경험이 쌓인다는 것은 행위를 그저 여러 번 반복하는 것이 아니라 행위를 통해 몸에 모종의 직관이 스민다는 뜻이다. 모든 행위에는 목적과 그 목적을 이루려는 수단 방법이 있다. 아도르노에 따르면 경험은 행위의 목적이 그대로 수단이나 도구에 의해 성취되는 일이 아니라 목적과 수단 사이의 빈 여백 혹은 찌꺼기 같은 잔여 행위에서 생겨난다. 인간 행위에서 이 잉여는 완전히 삭제될 수 없다.

예를 들어 문은 들어오고 나가는 목적으로 만든 출입구로서 건축적 도구다. 그런데 사람의 몸은 문을 여는 상황, 분위기, 맥락에 따라 다르게 움직인다. 문이라는 도구는 출입만을 목적으로 만들어졌지만, 맥락에 따른 몸의 반응은 이를 다른 방식으로 실현시킨다. 거기에는 순간적인 몸의 '판단'이 깃들어 있다. 예컨대 갓난아기가 자고 있는 방을 여닫는 손은 파티장으로 들어가는 손과는 다르게 조심스럽게 움직인다. 배고파서 식당 문을 여는 손은 재빠르지만, 수업 시간에 지각한 학생이 교실로 들어갈 때는 조심히 겨우 문을 열고 들어가는 손이 된다. 문을 여는 손은 빠르게, 느리게, 조심스럽게, 유쾌하게 여닫는 식으로 변주된다. 문의 존재 이유만을 생각한다면 이 변주는 불필요한 '잉여' 행위일 수 있다. 그러나 다시 생각해보면 문을 여닫는 데 고려되는 이 잉여야말로 삶을 삶답게 하는 태도이고 문명에 깊이와 품위를 부여는 밑도다. 이것이 바로 '경험'이다.

왜 자동문이 그에게 문제가 되었는지 이제 이해가 되리라. 자동문은 사람이 앞에 서면 즉각적으로 열린다. 내부 상황이 어떠냐에 상관없이 문 바깥의 대상에 자동적으로 반응하여 열리는 것이 자동문이다. 도구적 관점에서 보면 자동문은 들어오고 나가는 목적을 즉각적으로 실현시켜주는 도구다. 여기에는 목적과 수단, 목표와 방법이 어떠한 시간적 지연이나 우회도 변주도 없이 늘 동일하게 '일직선으로' 실현된다. 자동문은 찌꺼기 행위, 불필요한 잔여 행위를 인간의 감각에서 깔끔하게 제거하는 문명의 이기다. 그런데 이 편리성 속에서 문을 여닫는 손의 감각은 무뎌진다. 문의 안팎을 구별하고 때마다 상황을 살피고 적절한 판단을 달리하여 문의 속도를 조정하는 일, 자동문에 의해 제거된 이러한 인간 행위를 우리는 도덕적 판단력이라고 불러도 무방하지 않을까. 동양에서는 오랫동안 인간의 도덕 행위를 심성론의 차원에서, 소위 '마음'의 문제로 이해했지만, 사실 도덕 행위를 실천적 차원에서 보자면 거기에는 지적 판단 능력이 필요하다. 상황을 살피고 그에 따라 적절히 다른 행위를 하는 실천능력이 바로 도덕의 문제이기 때문이다. 그래서 칸트 도덕론의 이름도 '실천이성비판'인 것이다. 그것은 삶의 구체성에 대한 성실한 파악이고 통찰력이 개입된 행위 능력이다.

아도르노의 관점을 적용시켜보면, 목적과 수단이 어떤 우회의 경로 없이, 상황에 대한 고려도 없이 자동적으로 실현되게 만든 사물, 그것을 바로 기계라고 부를 수 있지 않을까. 기계는 편리하지만 도덕적 능력은 가지고 있지 않다. 오늘날 이러한 기계적 메커니즘이 일반화되고 그 속에서 인간 역시 기계를 닮아가고 있다. 인문학은 사람 인人 자로 되어 있다. 사람을 동물이나 자연과 구별되는 말로도 이해할 수 있겠지만, 오늘날 관점에서는 기계와 구별되고 기계가 되지 않으려는 노력이라 볼 수 있지 않을까. 도덕적 능력은 적절한 실천을 가능하게 하는 판단력이며, 이 실천적 판단력은 '생각의 자동화'를 중지시키는 일에서부터 시작된다.

2014년 세월호 사건에서 문제가 된 도덕 역시 이런 관점에서 볼 만하다. 당시 이 참사를 교통사고에 비유한 정치인이 있었다. 개인의 교통사고와 사회적 참사의 차이를 구별할 줄 모르는 초보적 판단 착오는 적절한 대응의 부재로 이어진다. 세월호 사건은 도덕적 판단력의 참사이기도 했던 것이다. 자동문의 관점에서 보자면 그 정치인은 사람이 아니라 기계다.

자동차 전조등 headlight
: 전위적 아름다움은 어떻게 출현하는가

소설가 오스카 와일드에게 예술은 인공미人工美와 분리될 수 없는 것이었다. 그가 '아름다우면서도 있을 법하지 않은 사물들의 창조'를 얘기할 때, 나는 어느 순간 홀연히 나타난 현대 도시의 낯선 표정들을 떠올린다.

캄캄한 밤길을 운전하다가 저 멀리 반대편 차선에서 다가오는 낯선 불빛을 보았던 적이 있다. 자동차 전조등임이 틀림없었지만 인간계에는 없는 존재의 치켜올린 하얀 눈매 같았다. 가까이 다가온 그 눈에는 여러 개의 다이아몬드가 촘촘히 박혀 있는 듯이 보였다. 흥미로운 것은 이 낯선 형상이 공격적인 이미지와 동시에 미적으로 느껴졌다는 사실이다. 요컨대 오스카 와일드의 표현처럼 '아름다우면서도 있을 법하지 않은 사물들'에 속한 것이었다.

자동차 LED Light Emitting Diode 전조등에 관한 얘기다. 이제는 보편화되었지만 여전히 가장 먼저 떠오르는 것은 자동차를 넘어 '조명 회사'라 불리는 독일 자동차 브랜드 아우디다. 캄캄한 밤 도로에서도 전조등만으로 이 브랜드를 식별할 수 있을 만큼 이 사물의 오리지널리티는 아우디가 확보하고 있다.

LED 전조등은 높은 효율성을 지닌 첨단 발광 기술의 산물이다. 하지만 기술력만 있다고 이런 사물이 저절로 출현하지는 않는다. 왜 그럴까. 자동차는 가장 비싼 개인 소유물에 속한다. 말 그대로 '지켜야 할 것'이 많은 보수적인 사물이라는 뜻이다. 그래서 자동차 디자인에서 종래 감각과 단절된 혁신적 스타일이 출현하기란 쉽지 않다.

이미지에도 창조적 진화가 있다면 철학자 베르그송의 말마따나 목숨을 건 '생명의 도약'이 필요하다. 이 도약은 설령 실패하더라도 그 진정성으로 감동을 자아낸다. 그러나 시늉이 아닌 정말 목숨을 거는 도약을 하기란 쉽지 않다. 우리가 사는 방식에선 다른 내일을 위한 모험보다는 오늘의 안전이 주된 관심사가 되기 때문이다. 실용성, 효율성, 합리성이란 이 안전의 다른 표현이다.

고도 기술력을 지닌 글로벌 기업이 우리나라에도 몇 개나 생겼지만 문명의 표정을 바꾸는 전위적 아름다움까지 만들어 내는 일은 여전히 쉽지 않다.

자 명 종 alarm
: 스스로 울 수 있는 능력

자명종自鳴鐘은 스스로 우는 종이라는 뜻이다. 시각을 알리려는 이유에서 만들었으므로 실제로는 '자명 시계'라고 해야 맞을지 모른다. 그럼에도 자명종이라고 부르는 까닭은 종처럼 쇳소리를 내서이기도 하지만 오래전에는 이 역할을 종鐘이 수행했다는 사실을 암시하기도 한다.

옛날에도 시각을 알리는 자명종은 필요했다. 우리의 경우 매일 저녁 이경(밤 9시에서 11시 사이)에 종각의 종을 스물여덟 번 쳐서 야간 통행을 금지하는 인경이나 오경(새벽 3시에서 5시 사이)에 서른세 번을 쳐서 통금을 해제하는 파루 등이 자명종의 일종이다. 물론 엄밀히 말해 이것은 사람에 의한 타종이라는 점에서 '스스로' 울리는 태엽 장치나 전동 시계는 아니다. 그러나 규칙성이 자동화 기능을 했고, 사람들은 이것으로 생체리듬을 사회 규율에 맞추었다.

비슷한 자명종으로는 산사의 아침을 깨우는 종이 있다. 새벽에 울리는 종소리는 깊고 넓으며 맑고 엄격하다. 종각의 인경이나 파루보다 오래되었을 저 종소리의 주기성은 사찰의 공동 시간을 알리는 규율을 담당하고 있지만, 바깥 사회의 시간을 알리는 보신각 종과는 다르게 들렸으리라. 오히려 그것은 반대 역할을 수행했다고 해야 할지 모른다. 매일 새벽 또는 저녁을 알리는 산사의 종은 통행금지나 해제의 종소리가 강제하는 타율성이나 억압과 달리 수행자와 중생의 자발적 각성을 촉구한다. 말 그대로 '스스로 울기'를 촉구하는 것이다. 각성覺醒은 취한 상태에서 깨어난다는 뜻이다. 사회의 일상성은 술에 취한 상태, 미망迷妄의 상태다. '지금, 이 시간에 깨어 있어라'라고 외쳤던 사도 바울 역시 율법이라 불리는 당대의 일상성을 각성의 대상으로 여겼다.

오늘날에는 휴대전화 속의 자명종을 개인이 소유한다. 자명종은 사회의 공동 시간이 아니라 개인의 스케줄에 맞추어져 있다. 자명종은 통행금지 사이렌처럼 사회가 부과하는 억압이 아니고 스스로 맞추는 시계라는 점에서 진정한 '자명종'이 되었다. 그러나 산사의 종처럼 정신적 각성까지 포함하고 있지는 않다. 다만 '놀라게 하다'라는 뜻의 알람alarm일 뿐이다. 이 시대의 기발한 알람에 우리가 놀라는 순간은 출근, 등교 지각밖에 없을 것이다. 우리는 이제 '스스로 울 수' 있을까.

자 전 거 bicycle
: 바큇살은 왜 비어 있을까

공원이 보이는 동네 카페에 앉아서 저만치 둑방을 가로질러 달리는 자전거들의 움직임을 보다가 문득 이 흔한 물건이 아름다운 모양을 하고 있다고 느꼈다. 자전거의 모양과 움직임이 아름답다는 느낌, 혹은 시각적 쾌감을 준다면 그것은 왜일까. 자전거의 외형이 기초적인 기하학 도형들을 매우 단순한 구조로 실현시키고 있기 때문이 아닐까. 유클리드나 피타고라스 같은 고대 그리스 학자들의 생각처럼 우주가 실제 그런 기본 도형들로 구성되어 있는지, 아니면 인간이 만든 도구 연관의 세계에서 그러한 기본 관념을 거꾸로 추상해냈는지는 확신할 수 없다. 다만 기하학이 적어도 우리가 감각하는 모든 사물의 뼈대를 세우고 담아내는 학문적 원리라는 점은 분명하다. 자전거에는 기하학의 기본 도형들이 시각적으로 또렷하게 드러난다.

전체를 이루는 기본 프레임은 직선으로 되어 있다. 체인은 점들의 결합으로 이루어진 곡선운동을 한다. 자전거 프레임의 가운데 부분은 삼각형으로 되어 있으며 바퀴는 원의 형상이다. 자전거의 움직임은 점, 선, 삼각형, 원 등이 협력하여 만든 도형들의 율동이 된다. 그 율동은 어떤 방식으로든 기하학의 원리와 피타고라스의 정리에 기반해 있다. 이 간단한 운동 방식은 문명 세계의 온갖 도구와 건물과 복잡한 기계들이 작동하는 기초적 원리이기도 하다. 자전거의 모양과 운동이 미적 쾌감을 일으킨다면 이는 세상의 다양하고 크고 복잡한 것들에 공통적으로 내재한 기본 원리를 간명하게 볼 수 있다는 사실에서 비롯되는 것은 아닐까.

자전거의 특정한 부분에 대해서도 생각해보자. 자전거의 미적 쾌감을 특히 움직이는 바퀴에서 느끼곤 한다. 자동차에도 바퀴가 있으나 아름답다고 느껴지는 경우는 별로 없다. 왜일까. 자전거 바퀴에 붙어 있는 가늘고 여럿인 자전거 살들이 차이를 만드는 핵심이 아닐까. 움직이는 자전거는 가는 살들이 서로 교차하면서 규칙적이고 독특한 음악적 회전을 만든다. 핵심은 여기에서 한발 더 나아간 지점에 있다. 바큇살과 바큇살 사이의 빈 공간을 발견해야 한다. 운동하는 자전거는 바큇살 사이로 언뜻언뜻 빈 공간을 드러낸다. 조형적으로 잘 만들어진 자전거를 풍광이 좋은 곳 앞에 세워보라. 처음에는 바큇살이 보이다가, 나중에는 살들 사이로 빈 공간이 드러나며, 마침내는 빈 공간 사이로 '나타나는' 자연을 보게 된다. 자전거 바퀴의 미감은 살 자체가 아니라 살과 살 사이의 이 '빈 공간' 때문이라고 해야 할지도 모른다.

철학자 하이데거는 생애 후반에 아름다움의 존재론에 자신의 철학적 열정 전부를 쏟아넣었는데, 예술작품이 탄생하는 근거를 이런 식으로 설명했다. 높은 산 위에 서 있는 파르테논신전의 아름다움은 신전이 없을 때에는 보이지 않았던 신전 뒤의 하늘과 깎아지른 절벽을 '불러들여서' '나타나게' 하기 때문에 발생한다고. 여기에서 노자의 '무용無用의 용用'을 연상할 수도 있다. 노자는 사발을 예로 들었다. 사발의 움푹 파인 곳에는 아무것도 없는 것이 아니라 음식을 담을 수 있는 가능성이 내재해 있다. 이 가능성은 눈에 보이지 않지만, 보이지 않는 것이 보이는 밥을 담게 하는 가능성이다. 거꾸로 이 가능성은 사발이 만들어져야 생겨난다.

어떤 사물의 물리적 일부가 보이지 않는 비물리적 여백을 더 또렷하게 드러내는 경우로 자전거의 바큇살만한 게 없다.

공학적으로 따지면 쇠로 만든 바큇살이 자전거를 지탱하는 물리적 축일 수 있겠지만, 철학적으로 해석하면 이 단순한 기하학적 사물을 경쾌하게 운동시키는 근거는 살 사이에 '존재하는' '무無'라고 얘기할 수도 있지 않을까.

하이데거는 모든 존재에는 그 나름의 역사적 운명Geschick이란 게 있어서, 사물의 형상과 의미는 시대의 존재 상황을 드러내는 식으로 '나타난다'고 말한다. 혼자서 타고, 자기 발로 움직일 수 있으며, 어디든 갈 수 있고, 빠른 속도로, 오직 앞으로만 달릴 수 있도록 만든 자전거는 개인주의·평등·자유·진보 같은 19세기 계몽주의·시민혁명·산업사회의 탁월한 발명품 중 하나로 출현했다. 영국의 『인디펜던스』지는 세상을 바꾼 인류의 혁명적인 발명품 중에서 자전거를 최상위에 놓았던 적이 있다.

BMW나 람보르기니 같은 고급 자동차 회사는 물론이고 에르메스나 샤넬 같은 명품 패션 업체까지 가세하여 한정판 자전거를 만들고 있는 트렌드에서 문명의 새로운 조짐이 감지되기도 한다. 분명한 것은 이 기하학적 사물이 19세기와는 '다른 존재'로 해석되어 '나타나고' 있다는 사실이다.

장갑 gloves
: 손의 표정

북풍한설이 몰아친다. 서랍을 여니 지난 겨울에 꼈던 가죽 장갑, 다섯 손가락 모양이 뚜렷한 모장갑, 귀여운 엄지장갑이 차곡차곡 놓여 있다. 요즘에는 이런 장갑 외에도 스마트폰 화면 터치가 가능한 장갑까지 나왔다. 팔목을 지나는 토시 같은 긴 장갑을 끼기도 한다. 장갑은 단지 보온의 기능만 하는 게 아니라 패션이기도 하다. 장갑은 자연 상태에서는 눈에 띄지 않았던 '손의 표정'이 드러나는 사물이다.

다소 차가운 느낌이 드는 얇은 표피의 가죽장갑을 끼고 나갈 때 손은 정제되고 반듯한 얼굴을 하고 있다. 가죽장갑에는 늘 약간의 긴장이 스며 있다. 또한 정장 스타일에 잘 어울린다.

이때 전형적인 손의 표정은 악수하는 손이다. 손은 정돈된 규율, 사회적 약속 안에서 사는 어른의 표정을 하고 있다. 다섯 손가락 모장갑은 자유로운 손의 표정을 드러낸다. 가죽장갑에 비해 훨씬 더 긴장이 완화된 표정을 하고 있다. 모가 지닌 촉감의 무의식이기도 하고, 손가락의 움직임에도 율동성이 부여된다. 손가락 모장갑은 소년의 장갑이거나 청년의 장갑이다.

그렇다면 엄지장갑은? 요건 여지없이 '개구쟁이 장갑'이다. 엄지장갑은 대개 어릴 때 부모가 사준 최초의 장갑일 것이다. 이때 드러나는 표정은 다섯 손가락의 기능적 분화가 일어나기 전 손의 원형과 관련된다. 어린아이 눈장난, 순수한 놀이처럼 이루어지는 예술가의 창조의 순간, 사랑에 몰입한 연인 들은 사회적 필요에 대한 고려 없이 맹목적인 표정을 하고 있다.

천진한 놀이는 손이 대상과 어떻게 만나느냐에 대한 방법적 고려 이전에 만나는 일 그 자체를 즐거워한다. 개구쟁이 아이는 엄지장갑처럼 언어가 필요 없는 천진한 표정을 하고 있다. 어른과 의무와 지식을 경멸하고, 대신 아이와 춤과 음악을 사랑했던 니체가 어떤 겨울 장갑을 고를지는 자명하다. 올겨울 당신은 어떤 손의 표정을 갖고 싶은가.

장화 boots
: 패를 보여주는 신발

아침 신발장에서 당신이 고르는 신발을 보면 어림짐작할 수 있다. 오늘 당신이 어떤 장소에서 누구를 만나는지.

구두를 신고 나서는 발의 표정은 규범적이다. 그 표정은 안전한 동선 안에 있다. 구두를 신은 발은 격정적인 연애의 순간에도 가이드라인을 크게 벗어나지 않을 것처럼 보인다. 이에 비해 운동화는 가벼운 유희적 에너지로 충전되어 있다. 꼭 운동장으로 달려가지 않아도, 소년소녀들의 운동화가 아니더라도 그 동선은 밑창의 에어쿠션만큼 살짝 들떠 있다. 발가락과 발뒤꿈치를 바깥으로 노출하고 있는 슬리퍼는 어떠한가. 꼼지락대는 다섯 발가락이 어울리는 만남은 뭐니 뭐니 해도 동네 친구다. 신발은 바닥에 끌린다. 시간은 또각또각 가지 않고 어슬렁어슬렁 흘러간다. 그렇다 한들 슬리퍼의 세계에서라면 무엇이 문제랴.

장화라는 신발은 또다른 부류에 속한다. 이 사물이 지시하는 것은 사교가 아니다. 순전한 자연, 예컨대 비를 향해 환호성을 지르며 팔짝팔짝 뛰어가는 천진한 꼬마나 자연-도구-땀이 뒤섞인 노동의 세계가 그 사물이 속한 곳이다. 물이 가득 고인 논두렁에 종일 발을 들여놓는 농부, 하수관을 묻으러 맨홀 속으로 들어가는 인부, 회색빛 질퍽한 개펄에서 꼬막을 캐는 개꾼, 쏟아져내리는 장마철 토사 위에서 야간 도로 작업을 하는 군인 들의 검은 신발, 그것이 바로 장화다.

이러한 장화가 패션에 민감한 도시 젊은이들의 여름 '머스트 해브' 아이템이 된 요즘의 모습은 아이러니하다. 물론 패셔니스트들이 기억하는 것은 노동이 아니라 어린 시절의 꼬마 장화다. 그렇다 하더라도 장화를 신고 사교 자리에 선뜻 나가기 쉽지 않은 것은 여전히 마찬가지다. 이 사물이 본래 '사교계'에 속하지 않기 때문이다.

장화는 괴상한 형상을 하고 있다. 신발이라기보다는 그 자체가 다리의 일부처럼 보인다. 발바닥부터 무릎 아래까지 깊숙이 고무에 싸인 맨발의 피부는 자연물도 인공물도 아닌 어떤 것으로 변하는 묘한 흥분에 휩싸인다. 신어본 사람은 안다. 이 사물 속으로 들어간 발에서 촉감으로나 형상으로나 '트랜스포머'가 된 듯한 원초적 쾌락이 발생한다는 은밀한 사실을. 거기에는 모종의 성적 메타포가 작용하고 있는 것도 같다. 프로이트의 꿈 분석에서도 장화는 이런 관점에서 해석된다.

그러나 장화는 단호하게 정직한 표정을 하고 있기도 하다. 장화는 자신의 길이로 말한다. "내가 막을 수 있는 물의 수위는 장화가 올라온 여기까지야." 이때 이 사물은 상대에게 패를 깐 정직한 신발이 된다.

젓가락 chopsticks
: 둘이 있어야만 시작되는 사람다움

공자는 당시로서는 꽤 장수하면서 세상 곳곳을 오랫동안 돌아다니며 자신의 생각을 설파했다. 제자도 많았다. 공자는 제자들이 질문을 할 때 제자들의 수준에 맞게, 그의 스타일을 존중하면서 눈높이 교육을 한 것으로 유명하다. 그런데 공자가 제자들에게 가장 많이 받은 질문이기도 하고 천하를 주유하면서 가장 자주 얘기했던 개념을 한 단어로 요약한다면 무엇일까. 인仁이라는 글자다. 우리말로는 '어질다'라는 뜻으로 푼다. 그런데 어질다라는 말은 설명이 쉽지 않다. 그러니까 공자가 평생 되풀이해서 강조하고 제자들도 요모조모로 선생에게 거듭 따져 물은 것이 아니겠는가.

우리말로 간단해 보이는 어질 인을 공자는 '사람다움'이라고 사유했다. 이 사람다움은 단독자로서의 내면을 뜻하는 말이 아니다. 글자 모양을 보면 사람人 둘二이 있는 게 인이라는 글자다. 공자는 사람다움을 최소한 두 사람이 있을 때 갖추어야 할 덕목이며, 원리적으로는 그 둘 사이에 자연스럽게 생겨나는 덕성으로 이해했다. 둘 이상의 사람 사이에서 생겨나는 덕성이라면 마음의 문제라기보다 윤리의 문제로 읽는 게 더 근접한 이해인 듯하다. 사람다움에 관한 공자의 철학은 심성론이 아닌 윤리학 또는 도덕철학이며 실천철학이다.

공자가 만약 일상 사물 중에 가장 좋아하는 것을 고른다면 무엇이라고 했을까. 바로 '젓가락'이 아닐까. 젓가락이 사람다움을 가장 이미지적으로 반영하는 사물처럼 보이기 때문이다. 공자의 사람다움은 둘 이상의 인간 사이에서 비롯되는 실천성을 전제로 한 윤리다. 젓가락의 형상을 보라. 젓가락은 한 짝만으로는 아무것도 할 수 없는 사물이다. 젓가락은 걷는 두 다리, 움직이는 두 팔의 모양으로 작동한다. 여기에서 주의 깊게 보아야 하는 것은 젓가락의 동선이다. 젓가락질을 할 때 양 젓가락은 다소 기우뚱하게 움직인다. 일사불란한 평행운동이 아니라 허공에서 기우뚱한 엇갈림과 만남을 반복하면서 적절하고 정확하게 음식을 집어내는 것이 바로 젓가락이다. 젓가락질의 본질은 그것이 절대적 균형감의 소산이 아니라 한쪽만으로는 불비일 수밖에 없는 두 막대가 모여 기우뚱하고 불균형한 각각의 엇갈림으로 만들어내는 운동에 있다.

조화란 어떤 것인가. 우리는 조화를 비슷한 존재들이 모여 하나의 색채를 이루는 것으로 여긴다. 그런데 음악에서 조화-화음을 뜻하는 하모니harmony는 같은 음이 아니라 높이가 다른 음 사이에서 만들어지는 절묘한 협업을 뜻한다. 화음에서 '차이'는 역설적으로 음악을 이루는 필수 요소다. 이 화음이 시간적으로 진행되어 율동성을 갖게 되면 화성이 된다. 제각각 다른 위치의 음계가 모여 적절한 수준에서 절묘한 결합의 율동과 타이밍을 찾을 때 하모니가 된다. 이때 각 음은 다른 음을 흉내 내는 것이 아니라 제 높이에서 소리를 내는 것이 관건이다. 한 악기에서 벌어지는 하모니로 하나의 음악이 연주된다면, 오케스트라는 제각각 다른 소리를 내는 악기들이 제 소리를 유지하면서 다른 소리들과 협력하는 더 큰 차원의 협업이다. 플라톤이 음악과 밀접한 관련을 지닌 시인을 정의로운 국가에서 추방하려고 했던 것과는 대조적으로, 공자는 시와 음악을 인간다운 공동체의 필수적인 제도이자 학문이라고 이해했다. 공자 자신이 현악기를 잘 연주하는 음악가이기도 했다. 공자가 시와 음악에서 보았던 것이 바로 이 하모니의 기능이었다.

그렇다면 하모니를 위한 율동은 어떤 동선을 가질까. 다시 젓가락을 생각해보자. 젓가락을 이해하기 위해 음식을 입으로 전달하는 도구인 숟가락이나 포크와 젓가락을 비교해보는 것도 좋겠다. 숟가락은 음식물을 밑으로부터 퍼올리거나 표면을 긁는다. 포크는 음식물 한가운데를 날카로운 끝으로 찌른다. 젓가락은 양쪽 바깥에서 '감싸듯이' 집는다. 음식을 퍼올리거나 긁거나 찌르기보다는 같은 방향을 향해 바깥에서 감싸듯이 안으로 움직이며 들어올린다. 각각의 젓가락은 그때 '하나'가 되는데, 젓가락의 모양새도 둘이 모여 정확히 사람 인 자가 된다.

어쩌면 사람다움이라는 공자의 인은, 불균형한 둘이 각자 한 방향을 향해 감싸듯 움직이면서 비로소 사람人 형상을 하게 되는 '젓가락의 윤리'일 수도 있다. 문득 부모님이 젓가락질에 유난히 신경을 쓰며 가르치는 까닭에 대해 엉뚱한 생각을 하게 된다. 그것은 단지 음식을 집는 '손 기술'을 알려주기 위함이었을까. 혹시 젓가락질을 하는 과정에서 각각의 개체가 모여 '사람다운' 구실을 하는 일에 대한 암시를 주고 싶으셨던 것은 아닐까.

오늘은 식사 때 허방에서 움직이는 젓가락을 한번 살펴보라.

주사위 dice
: 운명을 사랑하라

친구가 보낸 선물이 도착했다. 기대감 속에 작은 상자를 여니 뜻밖에도 모서리가 잘 다듬어진 아름다운 흰색 주사위 하나가 전부였다. 메시지도 없었다. 대체 이런 선물을 지금 왜 내게 보냈을까.

새삼 주사위를 유심히 살펴보았다. 여섯 면의 사각형마다 까만 점이 하나에서 여섯 개까지 박혀 있는 주사위. 가만히 보니 까만 점은 우주를 떠도는 혹성들처럼 여겨지기도 한다. 기이한 선물의 의도가 궁금하여 며칠 동안 주사위를 주머니에 넣고 다녔다. 그러면서 시도 때도 없이 주머니에서 주사위를 꺼내 던져본 것은 물론이다. 매번 예상할 수 없는 숫자가 나오는 것, 바로 이게 주사위라는 사실만은 변함이 없었다.

세계 어느 고대 문화권에서나 거의 유사한 형태의 주사위가 발견된다는 사실은 놀랍다. 주사위를 만드는 재료는 하나같이 동물의 뼈나 상아, 조약돌, 자두나 복숭아의 씨 같은 단단한 사물이었다. 이 일관성에서 단순한 주술성을 넘어선 재료들의 무의식이 감지된다. 그것은 주사위의 우연성을 뼈와 씨 같은 존재의 중핵으로 이해하고 수용하려는 무의식이 아닐까. 보다 중요한 것은 일단 던져진(점쳐진) 운수는 깨어질 수 없다는 믿음이 감지된다는 사실이다. 여기에서 운명에 대한 체념만을 읽는 것은 지나치게 단순하다.

물론 주사위의 무의식을 얼마든지 다양하게 해석할 수 있다. 양자역학을 비판하면서 아인슈타인은 '신은 주사위 놀이를 하지 않는다'라는 유명한 말을 남겼다. 반면 모차르트는 주사위를 던지는 즉흥성으로 우연성의 음악을 창조했다. 루비콘강을 앞에 두고 율리우스 카이사르가 말했다는 '주사위는 던져졌다'라는 역사적인 발언은 돌이킬 수 없는 결단의 상황을 드러낸다. 결정적 순간에도, 우연성을 부정할 때도, 우연성을 전위로 재탄생시킬 때도 이 사물은 중요한 메타포였다. 어떻게 말하든 간에 주사위의 정육면체 표면에는 불확실성뿐만이 아니라 '결정'이라는 필연성이 동시에 내재해 있다.

인간의 의지력에 대한 니체의 위대한 실험도 주사위를 매개로 한 것이었다. 그는 '네 운명(주사위)을 사랑하라Amor fati'고 가르쳤다. 니체에게 이 사물은 체념과 포기가 아니라 불확실성에 내던져진 생을 긍정하는 능동성의 윤리를 표현한다. 결과를 예단하지 말고, 드러난 주사위 숫자가 지시하는 생의 현재를 긍정하고 즐겨라! 불확실성이란 그 자체가 또다른 길로 난 생의 가능성이 아닌가.

지퍼 zipper
: 왜 저렇게 견고하게 닫혀 있을까

단추로 끼워진 옷이 안쪽 틈새를 살짝 보여주는 것과는 달리 이 사물로 채워진 옷의 내부는 전혀 보이지 않는다. 옷의 안쪽을 숨긴 채 서로 맞물려 있는 이 사물의 촘촘한 이빨들에 집중해보자. 흡사 옷에 부드러운 톱니를 박은 듯하다.

지퍼는 옷을 여미는 데 만능으로 쓰이던 단추를 대체한 현대적 사물이다. 물론 정장에는 여전히 단추를 고수한다. 단추와 지퍼가 공존하는 현재의 패션 상황을 전통과 현대가 공존하는 '비동시적인 것의 동시성'이라고 부를 수도 있을 것이다. 그러나 보드리야르 같은 철학자라면 단추는 지퍼 세계의 외부, 즉 전통이라는 게 아직 존재한다는 환상을 심기 위한 현대성의 기만술이라고 말할지도 모른다. 이미 단추를 지지할 수 있는 세계는 사라졌는데 말이다.

옷의 안쪽을 견고하게 은폐하는 지퍼의 형상은 이 사물이 근거하는 현대성의 본질을 암시한다. 지퍼를 채운 옷의 바깥 면은 문화적 페르소나를 쓰고 사회를 마주하고 있다. 반대로 지퍼의 안쪽 면은 신체인 피부와 물리적으로 맞닿아 있는 사적 공간이다.

현대성은 공적인 삶을 영위하면서도 완고하게 사적 세계를 독립시키고 유지하려는 분리주의의 산물이다. 가방에 지퍼를 쓰는 것은 물건이 쏟아지지 않게 하려는 효용 이상의 의미를 지닌다. 단추나 매듭과는 달리 지퍼로 잠긴 견고한 가방은 내용물을 완벽히 가린 블랙박스다. 지퍼로 잠긴 가방은 개인 소유권의 신성불가침을 주장하는 얼굴을 하고 있다. 지퍼의 완강한 마스크는 이 불가침을 주장하는 침묵시위를 연상시킨다. 철학적으로도 정치적으로도 공적인 공간과 자기 세계의 분리를 주장하는 개인은 현대성 그 자체다. 지퍼를 현대적 삶의 절단면이라고 할 수 있지 않을까.

이 점에서 지퍼를 반쯤 내린 상대방의 점퍼에서 느끼는 '야성미'는 특이한 심상을 자아낸다. 이는 타인의 은폐된 사적 공간을 은밀히 훔쳐보고 싶은 관음증과 관련 있는 것 아닌가. 빈

틈없이 닫힌 사물일수록 훔쳐보기의 욕망은 역설적으로 더 커진다.

거의 모든 옷에서 지퍼가 한가운데 위치한다는 사실은 현대성의 아이러니를 표현하고 있는 것은 아닐까. 지퍼는 타인의 눈에 가장 쉽게 포착되는 자리에서 가장 완강하게 닫혀 있는 사물이니 말이다. 나는 나의 표면을 사회적으로 노출시키지만, 나의 내부는 절대로 보여주기 싫다!

축구공 football
: 퍼거슨의 축구공

무게 410~450g, 직경 22cm의 작은 구체가 직사각형 공간 안에서 거의 정지되는 시간 없이 90분 동안 빠르게 움직인다. 자가 동력기가 아닌 이 사물이 움직이려면 외부로부터 물리적 충격이 가해져야 하는데, 주로 그 방식은 사람이 발로 힘을 가하는 것이다. 이 사물의 운동 방식은 매우 단순하다. 땅으로 굴러다니거나 땅 위로 튀어오르거나 기껏해야 사람의 머리 몇 개 높이 위로 날아오를 뿐이다. 이 동선은 아무리 멀리 가봐야 가로 105m 세로 68m 내외의 직사각형, 시간적으로는 90분의 한계를 벗어나지 못한다. 놀라운 것은 그럼에도 불구하고 오늘날 지구촌을 주기적으로 하나로 묶고 국가 간에 경쟁하게 만드는 가장 강력한 에너지 중 하나가 이 작은 사물에서 나온다는 사실이다. 지구상에서 가장 많은 급료를 받는 직업군에는 바로 이 사물을 잘 다룰 줄 아는 일꾼들도 포함되어 있다.

풋볼football과 축구蹴求라는 말에는 축구공이라는 사물이 어떻게 움직이는지를 알려주는 동인이 직접 지시되어 있다. 사람의 발로 이 사물을 차는 것이다. 물론 가끔 머리로 들이받기도 한다. 축구와 관련한 명언 중에 '공은 둥글다'가 있다. 축구공이 어느 방향으로 튈지 알 수 없고 승부는 경기가 끝나봐야 안다는 말이다. 이는 사람살이에 대한 비유로까지 확장시킬 수 있다. 둥근 공을 만들기는 쉽지 않기 때문이다.

축구공의 역사는 둥근 공을 만들기 위한 역사였다고 해도 과언이 아니다. 기원은 수만 년 이상 거슬러 올라갈지도 모른다. 축구공은 인간이 직립보행으로 두 발의 운용이 자유로워졌을 때부터 시작되었을 최초의 놀이도구 중 하나였다. 세계 고대 어느 문헌에서나 발로 둥근 사물을 차고 노는 놀이가 있었다는 기록은 쉽게 찾을 수 있다. 과거에 축구공 역할을 한 것은 무엇이었을까. 돼지오줌보나 지푸라기, 해골 같은 둥근 사물이었다. 둥근 공 만들기는 생각보다 쉽지가 않아서 이중 돼지오줌보, 지푸라기 등은 아주 최근까지 축구공으로 쓰였다. 우리나라에 본격적인 축구는 서양 선교사의 근대 체육 교육의 일환으로 들어왔는데, 최초의 축구팀이 생긴 곳은 강화학당, 배재학당 등이었다. 이때도 축구공은 돼지오줌보에 공기나 물을 집어넣는 식이었다.

오늘날에는 매끄러운 가죽 표면에 공기를 집어넣은 축구공이 사용된다. 이전의 것들과는 비교할 수 없을 정도로 둥글다. 그런데 문제는 이 축구공도 완전히 둥글지는 않다는 사실이다. 아주 엄밀히 말해서 한 점으로부터 같은 거리에 있는 점들의 집합이라는 구sphere의 정의에 완벽히 부합하는 축구공은 아직 세상에 출현한 적이 없다는 말이다.

현대 축구에서 축구공이 내로라하는 글로벌 스포츠 회사들의 기술력 시험장이 되는 것도 이와 관련이 있다. 유럽 챔피언스리그라든가 월드컵 같은 세계적 스포츠 이벤트에서 주기적으로 축구공이 바뀌는 이유이기도 하다. 축구공마다 이름이 매번 다르게 붙는다. 2002년 한일월드컵에는 피버노바가 쓰였고 이후 팀가이스트, 자블라니, 브라주카 등으로 변모했던 축구공은 2022년 카타르월드컵에서는 알리흘라로 이어졌다.

축구공을 계속 바꾸는 이유는 축구공의 진화를 추구하기 때문인데 중요한 목표 중에는 구의 정의에 완전히 부합하는 축구공을 만드는 것도 있다. 왜일까? 공은 둥글다라는 명언을 다시 떠올려보자. 둥근 공은 어떤 성질을 띨까. 완벽한 구체일수록 사방으로 잘 굴러가고 잘 튀어나간다. 다시 말해 구의 정의에 가까운 축구공일수록 탄성력과 반발력이 크다. 물론 여기에는 축구공을 만드는 재질도 영향을 주지만. 남아공월드컵 공인구였던 아디다스 자블라니의 경우 2m 높이에서 공을 그대로 놓을 경우 144cm나 튀어올랐다고 한다.

그런데 이런 축구공 만들기는 사회나 조직의 구조 측면에서도 생각해볼 점이 없지 않다. 효율적인 조직, 진화된 구조라는 것은 어떤 것일까. 비효율적인 조직이나 구조라는 것은 또 어떤 것일까. 복잡하면서도 외부 변화에 민감하지 못해 탄력성이 떨어지는 조직이 비효율적인 구조라면, 단순하면서도 탄력 있는 조직이 곧 효율적인 구조라는 사실은 분명하지 않을까. 경영학에서 최근 떠오른 에자일agile한 조직 구조란 것도 결국 탄력성의 문제다. 이런 구조는 어떻게 만들어질 수 있을까.

축구공을 보면서 본래 정의에 가까운 구체라는 기하학적 아이디어를 상기해보라고 제안하고 싶다. 한 점으로부터 같은 거리에 있는 점들의 집합이란 곧 중심과의 거리에 위계가 없는 점들의 모임이다. 원둘레에 위치한 모든 점은 중심으로부터 동일한 거리에 놓인다. 중심과 더 가까운 것도 먼 것도 없다. 여기에서 우리는 하나의 유비적 아이디어를 얻을 수 있다. 사람을 차별 없고 평등한 존재로 배치하는 단순한 조직구조에서

더욱더 탄력 있는 현실 대응력이 산출될 수 있지 않을까.

몇 년 전 가장 위대한 감독 중 하나인 알렉스 퍼거슨이 맨체스터유나이티드 감독직에서 27년, 1,500경기 만에 은퇴했다. 잉글랜드뿐만 아니라 세계 축구 지형에서 부동의 '톱 시드'였던 '맨유'가 그의 은퇴 후 대단히 흔들리는 것만 보아도 그 리더십의 위대성은 역설적으로 드러난다. 그러한 리더십의 핵심은 무엇이었을까. 세계 최고의 팀에 최초의 동양인이었던 박지성을 편견 없이 영입하여 적극 활용하기도 했던 그의 조직원리 핵심을 생각해보자. 그에게는 서양인과 동양인, 백인과 유색인종, 영어를 능숙하게 사용할 줄 아는 사람과 그렇지 않은 사람 간의 거리 구별이 없었다. 말하자면 그것은 '축구공 리더십'이 아니었을까. 그는 축구 이상으로 축구공을 정말 잘 이해한 감독이었다.

칠 판 blackboard
: '여유'의 정신으로 개방되는 벽

한국은 학생이 교육에 할애하는 시간이 매우 높고 학교에서 지내는 시간이 유난히 많은 나라다. 한국의 십대들은 잠자는 시간을 빼면 대체로 학교(학원)에서 종일을 보낸다. 그런데 이렇게 익숙한 학교를 뜻하는 스쿨school이라는 말의 어원은 생각하게 하는 바가 있다.

스쿨은 그리스어 스콜레Σχολη에서 유래했다. 학교에 해당하는 프랑스어 에콜école도 이 단어를 번역한 것이다. 흥미로운 것은 스콜레의 원뜻이다. 학교라는 제도가 만들어지기 전에는 학교라는 단어가 따로 없었을 것이다. 스콜레는 당시 다른 의미로 쓰이던 일반명사를 빌린 것이다. 그것은 본래 '여유'였다. 최초로 학교가 만들어질 무렵 서양인들은 학교에 여유라는 일반 명사를 부여했다. 신기한 일은 중국어에서 공부工夫가 '공부 있어요?'라는 질문에서처럼 '시간 여유 좀 있어요?'라는 뜻으로 쓰인다는 것이다. 왜 학교와 공부라는 말에 여유라는 뜻이 간직되어 있을까.

가장 간단한 해석은 사회적 현실에서 찾을 수 있으리라. 지금은 평등 사회와 평등 교육의 이념이 전 세계적으로 도입되어 누구나 가는 곳이 학교이지만, 고대에는 동서양을 막론하고 학교에 다닌다는 것이 대단한 특권이었다. 노동계급이나 노예는 학교에 다닐 여유가 없었다. 그러므로 글자를 읽는 사람들이란 당연히 신분제 사회의 상류계급과 지배계급을 뜻했다. '여유 있는 사람들'만이 학교에 다닐 수 있었다. 내가 강의하던 한 여자대학교 기념관에서 우리나라 최초의 여학생 사진이 걸려 있는 것을 본 적이 있다. 여성이 최초의 대학생이 되기까지도 까마득한 시간이 필요했다는 뜻이다.

그런데 학교와 여유의 상관성에는 단지 계급적 이유만 있는 게 아니다. 학교가 여유라는 이름의 명사였다는 사실에는 학교가 본래 무엇을 하는 곳인지, 학교의 공부는 어떤 성격을 가진 것인지에 대한 암시가 들어 있는 게 아닐까. 서양 최초의 학교에서 무엇을 가르쳤는지를 아는 것은 이를 이해하는 데 도움이 될지 모른다.

서양 최초의 사립학교는 아테네의 철학자 플라톤이 세운 '아카데미아'다. 얼마나 기념비적인 학교였는지 지금도 대학은 아카데미academy로 불린다. 플라톤의 아카데미아 입구에는 아주 유명한 간판이 붙어 있었단다. 미켈란젤로의 〈아테네 학당〉이라는 그림에도 이 간판에 담긴 내용이 반영되어 있을 정도다. '기하학을 모르는 자는 들어오지 말라'가 그것이다. 왜 하필 기하학이었을까. 그건 기하학이 가진 학문적 성격 때문이고, 그것이 곧 학교라는 제도에서 가르치는 공부의 본질을 암시하기 때문이다.

예컨대 기하학은 경험 세계의 모든 삼각형을 포괄하는 '삼각형의 본질'을 탐구한다. 현실에 존재하는, 눈에 보이는 세상 모든 삼각형의 공통 요소로서 그 정의를 발견해내는 것이 기하학이다. 문명의 역사에서 보면 훨씬 오래되었으며 뛰어난 계산 능력을 가지고 피라미드를 건설한 이집트였지만, 이집트인들은 피라미드를 이루는 삼각형의 수학적 정의를 기록하지 못했다. 그러나 그리스의 기하학은 세상의 모든 삼각형이 기초해 있는 일반 원리와 공리를 정리했다. 그래서 이집트에 산수는 있어도 '수학'은 없다고 말하기도 한다. 계산과 기술은 뛰어났지만 학문으로서의 수학은 출현하지는 못했다는 말이다.

기하학은 경험세계 사물의 본질을 꿰뚫고 뛰어넘는 보편적인 공부다. 이 보편성은 대단히 힘이 세서 시공을 초월한다. 한국 학교에서 중고등학생들이 열심히 배우는 삼각함수는 피타고라스가 발견했던 그 내용과 크게 다르지 않게 교육되고 있다. 삼각형 내각의 합이 180도라는 기하학의 정리는 설령 까마득한 미래에 인간이 없어진다 하더라도 남아 있을 것이다.

이 기하학을 학문 정신의 바탕으로 삼은 플라톤의 아카데미아에서는 정의正義와 윤리와 미학과 형이상학이 모두 교육되었다. 그것은 기하학과 마찬가지로 시공과 대상을 초월한 보편지식들이다. 이 보편성을 정초하려는 정신 지향을 '여유의 정신'이라 할 수 있으며, 이런 정신에 기초한 앎의 운동이 학문이다. 학문은 눈앞의 현실을 무시하지는 않지만 현실에 매몰되거나 붙잡히지 않고 더 큰 현실과 미래까지 포괄하려고 하며, 그러기 위해 현실에 대한 거리 감각을 훈련하는 가장 중요한 방법론이다. 동서고금을 막론하고 권력자들이 학교를 두려워하며 젊은이들이 학교에 매료되는 까닭이 이 여유의 정신과 깊은 관련이 있다. 여유에서 비롯되는 삶에 대한 거리 감각은 자동화된 사고를 중지하는 비판적 사유를 촉발시키기 때문이다.

그렇다면 학교에 있는 사물 중 가장 중요한 것은 무엇일까. 바로 칠판이 아닐까. 여유의 정신이 거기에 새겨지므로. 구조로

만 보면 이 사물은 학교 건물에 붙어 있는 벽의 일부에 불과하다. 그러나 칠판에 강의 내용을 판서하던 대학 스승을 통해 깨달은 것이 있다. 그는 어두운 바탕의 검녹색 벽 위에 하얀 글씨로 여유의 정신을 새기고 지우는 행위를 반복했다. 그가 그 벽에 쓴 것은 단순한 글씨가 아니었다. 그것은 눈앞의 실용성에만 결박된 우리 생각의 표층성, 힘이 센 상투적 사고의 벽을 무너뜨리고 개방하려는 혼신의 전투였다. 칠판은 벽 모양을 하고 있지만 진정한 칠판은 벽을 무너뜨리는 사물이다.

카드 card

: 눈밭 위의 손글씨

크리스마스카드와 연하장은 연말 분위기를 돋우는 사물이다. 산타 할아버지를 태우고 눈 내리는 밤하늘을 날고 있는 루돌프 사슴의 썰매, 선물이 든 빨간색 양말 그림은 크리스마스카드의 전형이다. 카드 내부를 펼치면 표면에 그려진 빨간 양말이 선물을 쏟아낸다든지, 색색의 구슬이 달린 크리스마스트리나 먹기 아까운 크리스마스 케이크가 속지에서 튀어나오는 등 기발한 입체 카드들도 많다.

연하장은 크리스마스카드에 비하면 차분하고 동양적인 게 많다. 붉은 해가 솟아오르는 가운데 학이 날고 있다든지, 설경 속의 사군자, 동양의 시간관이 담긴 십이간지도 대표적인 도안이다.

19세기 빅토리아시대 그림이 인쇄된 영국의 크리스마스카드가 최초라고 얘기되지만, 15세기 독일에서 이미 아기 예수의 그림과 신년 인사가 동판으로 인쇄되기도 했다. 크리스마스카드는 서양의 것이지만 신년 인사를 담은 연하장은 동양에서 오래전부터 존재해왔다. 웃어른에게 신년 인사를 가면서 명함을 놓고 온다든가 문안 서찰을 올리는 풍습 등이 있었던 것이다.

인터넷시대의 도래로 우편으로 오가는 크리스마스카드와 연하장의 수도 현저히 줄어들었다. 그러나 카드라는 사물에는 물리적 실감이 특히 중요하다. 그 실감은 화려한 카드 디자인보다는 카드를 펼칠 때 나타나는 하얀색 속지로 우선 다가온다. 왜 수많은 카드의 속지는 하얀색인가. 그것은 이즈음의 눈밭 풍경인 동시에 아직 당도하지 않은 시간을 표현하는 것처럼 보인다. 하얀 속지에서 직관적으로 전해지는 것은 복을 기원하는 발신자의 깨끗한 마음이다. 그리고 이 마음을 완성하는 것은 직접 쓴 '손글씨'다. 현대 문명을 주도한 서양에서 아직도 손글씨로 쓴 카드가 최고의 선물로 여겨지는 데는 이유가 있다.

밟지 않은 하얀 눈밭 위에 새긴 이웃과 친구의 복을 빌어주는 기도와 인사의 몸짓. 그것은 손을 따라 나온 심장의 말이다. 내 심장에서 나온 말만이 남의 심장도 뜨겁게 할 수 있다.

마음까지 얼어붙은 겨울이라는 표현이 넘쳐나는 시절이다. 카드의 하얀 속지 위에 심장의 말을 손수 적어 누군가에게 건네보자. 작지만 뜨거운 심장의 온기가 혹한의 계절을 견디는 힘이 될지 어찌 알겠는가.

카메라 camera
: 렌즈 속의 그것은 꽃이었을까

자전거를 타고 집 근처 공원을 지나다가 저편 나무 앞에서 카메라를 들고 접사에 몰두하고 있는 낯익은 사람을 보았다. 머리칼이 희끗희끗한 아버지였다. "이렇게 더운 날 뭐하고 계세요?" 이쪽을 보신 아버지가 아들임을 확인하고서는 활짝 웃으며 대답하신다. "어, 꽃을 찍고 있어."

부모님 집의 벽은 이렇게 찍은 사진들로 꽃밭이다. 눈에 띄는 것은 액자 속 꽃이 복수의 꽃무더기가 아니라 늘 한 송이 꽃이라는 사실이다. 비슷해 보이는 무리 중에서 단 하나의 대상에 포커스를 맞춘 확대 사진.

디지털카메라의 등장, 그리고 높은 화소수의 카메라가 휴대전화와 한몸이 되면서 이 물건은 소소한 일상을 놓치지 않고 기록하는 생활 장난감이 되었다. 흥미로운 것은 연령대에 따라 사진에도 패턴이 보인다는 사실이다. 이삼십대가 아기자기한 일상의 시간을 동적인 리듬으로 포착한다면 중장년으로 갈수록 정적이고 미세한 자연에 집중하는 경향을 띤다. 연령대별로 카메라가 선택하는 대상을 보면 나름의 인생 그래프가 그려질 수도 있다. 내가 특히 관심을 갖는 것은 인생의 격랑을 헤쳐온 노년의 렌즈가 가닿은 대상들이다.

카메라의 어원인 라틴어 카메라 옵스큐라camera obscura는 '어두운 방'이라는 뜻이다. 기본 원리가 캄캄한 방(상자)에 빛이 들어올 수 있는 작은 구멍을 뚫고, 이를 통해 바깥 사물을 재현하는 것이기 때문이다. 카메라 원리에 대한 최초의 기록은 중국 춘추시대의 『묵자』에 나온다. 놀라운 것은 이 원리를 장착한 장치의 이름도 비슷하게 '잠긴(어두운) 보물방'이라는 사실이다. 카메라는 최초의 아이디어가 출현했던 고대부터 지금에 이르기까지 섬세한 시선으로 대상에 집중하는 방법이었다.

부처가 깨달음 직후에 강론했다는 『화엄경』의 화엄華嚴은 삼라만상의 섭리를 꽃잎 한 떨기에서 본다는 뜻을 담고 있다. 작은 렌즈를 통해 작은 대상에 머물면서 세상을 가장 작게 집중해서 보는 아버지의 카메라. 그건 '꽃'이었을까.

크로노그래프 시계 chronograph
: 시간을 쪼갤 수 있을까

손목 위 시계를 본다. 일반적인 분침과 시침 외에 12시를 가리키며 정지해 있는 바늘이 있다. 3시, 6시, 9시 방향에 각각 더 작은 바늘과 더 작은 눈금으로 나뉜 세 개의 작은 시계들이 수상하다. 이 작은 시계들은 비행기 계기판이나 경주용 자동차 속도 미터기 같다.

오른쪽 버튼을 누른다. 정지되었던 12시 방향의 가늘고 긴 바늘이 돌아간다. 바늘의 움직임은 눈금과 눈금 사이의 이동 간격을 확인할 수 없을 정도로 빠르다. 프레임을 이루는 큰 분침과 시침도 100분의 1 단위의 미세 눈금 사이로 움직인다. 나머지 작은 시계들의 바늘도 제각각의 눈금 단위에 따라 움직이기 시작한다. 시간은 일상 감각으로는 감지될 수 없는 작은 단위로 점점 더 쪼개진다. 이게 이 시계의 정밀성이다. 고급 시계의 일반 모델이 된 크로노그래프 시계의 모양과 작동 방식이다.

고대 그리스 철학자 제논의 패러독스가 말했던 불가능한 광경이다. 시위에서 날아간 화살이 다음 구간으로 날아가기 위해서는 그 구간의 반 지점을 통과해야 한다. 그 반 지점을 통과하기 위해서는 다시 그 반의 반 지점을 통과해야 한다. 계속해서, 무한히 반의 반 지점을 통과하는 운명 때문에 화살의 전진은 불가능하다. 날아가는 화살은 반, 반의 반, 또 그 반의 반의 반 지점을 통하면서 0이라는 '있지 않은' 지점으로 수렴된다. 그러므로 날아가는 화살은 날아가지 못한다!

크로노그래프 시계는 시간의 화살을 100분의 1초 단위로 나눈다. 유명한 한 시계 명가는 최근에 1,000분의 1초, 1만분의 1초 단위로 눈금이 나뉜 시계를 선보였다. 손목시계지만 일상의 약속 시각을 확인하기 위한 물건이라고 하기는 어렵다. 무한소의 방향으로 쪼개지는 눈금은 인지할 수조차 없는 시각과 시각 '사이'를 측정함으로써 시간의 본질에 다가가려는 인간의 욕망을 보여준다. 크로노그래프는 시간의 화살을 제논의 화살처럼 무한히 쪼개려 하지만 이것이 0으로 수렴되지 않고 날아갈 수 있다는 걸 물리적으로 시현하는 역설의 사물이다. 크로노그래프라는 이름 또한 그러므로 역설적이다. 크로노스(그리스어로 시간이라는 뜻이다)는 자식을 잡아먹는 신이었지만 이 시곗바늘은 눈금들 사이에 무한한 시간의 아들딸이 존재한다는 사실을 반증하려 한다.

하지만 시간을 쪼갤 수 있을까. 베르그송의 철학적 직관에 따르면 과거-현재-미래라는 선형적 시간관은 시간을 공간적으로 사고하여 평면에 배치하는 인식론적 오류다. 중세철학자 아우구스티누스는 시간은 물리적인 실체가 아니라 시간에 대한 의식일 뿐이며, 시간 의식에서는 기억(과거)과 기대(미래)를 종합한 '현재'만이 있을 뿐이라고 생각했다. 과거는 이미 가서 없고 미래는 아직 오지 않아서 없다는 것이다. 과거도 미래도 없다는 말이 우리를 실망시킨다면 철학자 후설의 관점에서 이를 긍정적 버전으로 바꿀 수도 있겠다. 현재에는 기억과 기대가 통합되어 있다고. 어떻게 말하든 현재만이 있다. 많은 시적인 문장은 이를 다음과 같은 식으로 전한다.

이미 없는 시간의 볼모가 되어 현재를 포기하지 말 것이며, 아직 오지 않아 없는 시간에 저당 잡혀 현재를 희생하지 말지어다!

크리스마스트리 Christmas tree
: 인공 낙원

매년 12월이 되면 전 세계 도심 광장이나 시내 한복판 도로에 커다란 상록수가 한 그루 선다. 이 나무의 존재감은 밤이 되면 확연해진다. 대형 건물과 차들로 둘러싸여 있으나 알전구의 낮은 조도만으로도 나무는 그 자리에 자신이 서 있음을 분명히 드러낸다. 크리스마스트리라 불리는 이 사물은 도심 특유의 환경에 짓눌리지 않는다. 이 사물은 자신이 놓인 주변 환경의 메마름을 변화시키며 그 느낌을 확산시키는 특이한 힘을 지녔다.

크리스마스트리는 나무tree라고 불리지만 자연의 여러 나무 중 하나가 아니다. 크리스마스트리는 '절대 나무'다. 크기가 커서가 아니다. 시청 앞 광장의 큰 트리가 아니라 가정의 거실에 놓인 작은 것이라 해도 마찬가지다. 알전구의 황금색 불빛은 혹한에도 따뜻한 감성을 발산하며, 눈꽃은 어른에게도 아이의 천진한 설렘을, 상록 빛깔은 늘 푸른 청년의 시간을 환기한다. 와인색 구슬 장식에는 종교적 수난과 유쾌한 산타클로스의 이미지가 포개져 있다. 크리스마스트리는 이러한 장식들을 통해서야 비로소 '트리'가 된다. 이런 점에서 크리스마스트리는 자연에서 태어난 나무가 아니라 인공으로 탄생한 거룩한 사물이라고 해야 하지 않을까.

크리스마스트리에서 종교적 스토리를 소거하는 것은 불가능하다. 하지만 사물의 탄생이라는 측면에서 볼 때, 인공적 손길이 더해지지 않았다면 평범한 침엽수에 머무르고 말 뿐 거룩한 사물로의 승화는 일어나지 않았을 것이다. 독일 남부에서는 크리스마스트리를 파라다이스(낙원)라고 부른다고도 한다. 그런데 낙원은 어디 있는가? 성스러운 존재는 어디에 있는가?

춘추시대의 순자는 사람다움이란 백치 상태에서 문화적 훈련을 통해 만들어지는 것이며, 사람다움을 만들어낼 수 있는 문물이 가능한 세계가 바로 낙원이라고 보았다. 보들레르는 예술가란 인공 낙원에서 안식을 찾는 자라고 말했다. 니체는 낙원의 거주자는 신이 아니라 '주인의 도덕'을 지닌 사람이라고 가르쳤다. 그는 이것이 제 안의 노예근성과 짐승성을 극복하려는 인공적 노력의 산물로 여겼다. 이들 모두에게 거룩한 정신은 신의 본성이 아니라 그를 넘어서려는 인간의 정신 그 자체다.

타이어 tire
: 잘 멈출 줄 아는 검은 신발

세상에서 가장 빠른 신발은 무엇일까. 혹시 여행객의 수호 신이자 전령의 신 헤르메스의 날개 달린 신발을 떠올리지 않았는가. 그렇다면 그 헤르메스가 오늘날 문명 세계에서 신발을 신는다면 어떤 형태일까. 아마 자동차의 타이어가 아닐까. 현대 문명에서 빠른 이동을 위한 절대적 수단이라는 점에서 타이어야말로 사물로 태어난 헤르메스가 아닌가.

자동차의 신발인 타이어는 오늘날 문명의 신발이기도 하다. 개인은 물론이고 광범위한 물류들이 타이어라는 '검은 신발'을 신고 이곳에서 저곳으로 달려간다. 고무를 주재료로 하는 이 사물은 현대 경제의 운동 원리가 원거리 이동을 통한 물물교환이라는 점에서 역사상 등장한 어떤 신발보다도 중요하다.

신발의 형상을 규정하는 핵심 조건 중 하나는 신발을 신은 사람의 발 크기다. 검은 신발도 마찬가지다. 자동차의 성능에 정확히 발맞춘 신발이 필요하다. 타이어는 사람 신발보다 더 엄밀한 정확성을 요구한다. 아이에게는 내년에도 신을 수 있도록 적당히 헐거운 것을 신기기도 하지만 이 사물은 헐거워서 달리다가 벗겨지면 큰일이 날 테니까.

검은 신발이 지니는 더 큰 차이점은 걷고 달리는 능력 이상으로 멈추는 능력이 중요하다는 사실이다. 타이어는 자동차의 폭발적인 달리기 능력을 그대로 땅으로 전달해야 하는 스프린터의 신발일 뿐만 아니라, 의도한 순간에 정확하고 민첩하게 멈춰 서는 브레이킹 실력을 지니지 않으면 안 된다. 치타 같은 스피드를 발휘하다가도 돌발 장애물을 보자마자 즉각 예민하게 반응하는 정지 능력이야말로 이 사물이 갖춰야 할 가장 중요한 미덕이다. 타이어에 쓰는 접지력이라는 개념은 고도로 모순된 기술 능력의 핵심을 압축하고 있다. 고속으로 달릴 때조차도 노면을 '움켜쥐면서' 달린다는 것이 접지력의 핵심이다. 드라이빙 머신으로 불리는 BMW 기술의 비밀은 잘 멈추는 신발의 발명에도 있다.

정확한 위치에서 정확한 속도로 멈출 수 있는 것도 능력이다. 예민한 정지 능력은 미끄러지지 않고 잘 달리기 위해서도 필수적이다. 드라이브에만 매몰되어 적절한 정지 능력을 갖추지 못하면 큰 사고가 난다. 개인이 자동차를 운전할 때만큼이나 정치인이 정부를, 기업가가 회사를 '운전'할 때에도 그 원리는 비슷하리라.

테이크아웃 커피잔 paper coffee cup
: 개인주의자의 컵

스타벅스의 등장 이래 손님이 카운터에 직접 가서 주문을 하고 커피를 받아오는 것은 기본 스타일이 되었다. 그럴 때 점원에게 늘 받는 질문이 있다. "머그잔에 드릴까요, 테이크아웃 잔에 드릴까요?" 손님은 "테이크아웃 잔에 주세요" 하고 말한다. 하지만 테이크아웃 잔을 들고서 그 손님이 꼭 테이크아웃 take out을 감행하는 것은 아니다. 카페 안쪽 테이블로 들어가서 take in 노트북을 켜고 커피를 마시는 일도 다반사다.

아마 커피의 섬세한 향을 구분하고 즐기는 전통적인 커피 애호가라면 이 잔을 선택하지는 않을 것이다. 테이크아웃 잔은 커피의 맛을 충분히 살릴 수 있는 재료로 만든 용기라고 할 수 없다. 밖으로 가지고 나가는 용도가 아니라면 굳이 '종이 맛'까지 먹을 필요는 없지 않을까.

하지만 하루 세끼 식사만큼이나 당연한 라이프스타일이 된 요즘 도시의 카페 문화에는 테이크아웃 잔의 등장이 기여한 면이 상당하다. 스타벅스는 단순히 브랜드의 이미지가 아니라 커피를 마시는 형식을 변화시켰으며, 거기에는 테이크아웃이라는 커피 향유 방식의 획기적인 전환이 있다. 무엇보다 잔의 발명이 핵심이다. 엄밀하게 보면 스타벅스가 진정으로 발명한 것은 테이크아웃 커피잔이라는 사물 그 자체일지도 모른다.

테이크아웃 커피잔은 당연히 테이크아웃이라는 현대적 라이프스타일의 산물이다. 이것은 음식을 담은 그릇을 실외로 가지고 나가려는 용도로 만들어졌다. 거리에서, 차 안에서, 어디에서나 편히 이동하면서 즉석에서 만든 따뜻한 음료를 먹을 수 있게 만든 용기다. 밖으로 음식 그릇을 가지고 나간다고는 하지만 이것이 짜장면 배달과 다르다는 건 분명하다. 이런 테이크아웃 스타일이 보편화되는 데는 패스트푸드 문화의 선구자인 햄버거가 결정적으로 기여하지 않았을까.

그런데 커피의 테이크아웃은 햄버거 같은 패스트푸드와는 경우가 좀 다르다. 햄버거는 먹으면 배가 차는 물질성, 곧 욕구need의 차원과 관련되지만 커피는 상대적으로 생리적 욕구에서 자유롭다. 이미 도시에서 커피는 배고파서 먹는 음식이 아니다. 그렇다고 단순한 디저트와도 다르다는 점에서 커피를 후식의 부류에 넣는 것도 애매하다. 만난 지 오래된 친구에게 전화를 걸어서 "우리 오랜만에 커피 한잔할래?" 하는 말로 어색함을 지우기도 하고, 연애하고 싶지만 차마 말을 꺼내지 못하는 상대에게 "커피 한잔하실래요?"라는 말로 '작업'을 걸 수도 있다는 점에서 커피는 아주 특별한 마력을 가진 사물이다. 이런 특별한 에이전트로는 커피가 유일하지 않을까.

도시의 에티켓이 스며 있는 음식이자 문화적 취향을 반영하기도 한다는 점에서 커피를 간단한 기호 식품이라고 할 수도 없다. 여기에는 어떤 방식으로든 개인을 넘어선 문화적 욕망이 작동하고 있다. 복합적으로 작동하는 커피는 문화 현상이다. 이에 비하면 햄버거의 테이크아웃은 커피보다는 욕구를 채우기 위한 짜장면 배달을 더 닮았다.

자판기 커피잔과 또다른 테이크아웃 잔의 탄생. 테이크아웃 커피잔은 종이로 되어 있지만 자판기용 종이컵이 아니라 그냥 '테이크아웃 잔'이라고 해야 한다. 커피 소비자들의 무의식에서는 테이크아웃 잔이 '일회용'이 아니라는 뜻이다. 물론 일회용으로 소모된다. 그러나 커피를 주문하고 커피를 마시는 과정에서 손님들은 테이크아웃 잔을 '나의 잔'이라는, 보다 친근한 소유물로 생각하는 것처럼 보인다. 이 소유 의식은 집단성으로부터 벗어나 개인 취향의 독점적 향유에서 오는 문화적 해방감과 비슷하다. 우리는 그때 커피를 둘러싼 문화를 능동적으로 향유하고 있다는 기분에 젖는다. 그건 힙합 음악을 이어폰을 통해 나만의 귀로 '소유'하게 되었을 때의 우쭐함과도 비슷한 것이 아닐까. 이 기분은 본차이나 잔으로 커피를 우아하게 대접받을 때보다 개인적이며 팝하고 도시적이다.

텐트 tent
: 자연에 건설된 일인용 도시

숲속의 밤이다. 불과 두께 1cm도 안 되는 얇은 천으로 만든 작은 집을 짓고 당신은 그 안에 누워 있다. 혼자일 수도, 당신과 아주 가까운 관계의 누군가가 옆에서 자고 있을 수도 있다. 어떻든 간에 도시인인 당신에게 이 밤은 훨씬 더 어둡고 길게, 무엇보다도 생생하게 지각된다. 당신은 흔들리는 얇은 '벽'을 통해 공중에 바람이 존재한다는 사실을, '지붕' 위로 떨어지는 무언가의 소리가 예민하게 증폭되는 것을 통해 빗방울과 나뭇가지와 벌레들이 지구의 일원이었다는 사실을 비로소 피부로 느낀다.

캠핑을 모티프로 한 방송 프로그램이 인기를 끌고 카페가 생겨나듯 동네마다 아웃도어 매장이 들어선지 오래다. 평생 도시인이었던 당신도 이제 주말에는 '자연'으로 떠난다. 캠핑에서 가장 중요한 도구는 텐트다. 모양과 용도와 재질 등에 따라 종류는 다양하다. 하지만 얇은 천으로 만들어졌다는 것만은 공통적이다. 캠핑을 통해 자연과의 직접적인 교감이 가능한 까닭도 텐트가 얇은 벽으로 만든 '집'이라는 사실에서 나온다.

하지만 아무리 고성능 재질로 만들어졌다고 해도 이 벽은 외부로부터의 침입이 손쉬운 천조각에 불과하다. 콘크리트 성벽으로 높이 둘러쳐져 있고 비밀번호를 장착한 몇 개의 관문을 거쳐야 겨우 들어갈 수 있으며 사설 보안 업체까지 든든히 지키고 있는 고층 아파트를 생각한다면 도시인들이 이 연약한 벽에 의지하여 낯선 어둠 속에 집을 짓고 주말마다 혼자 또는 가족과 잠을 잔다는 사실은 꽤 놀라운 일이다.

이 새로운 현상은 이율배반적이다. 콘크리트에 갇힌 도시적 일상에 나타난 미세한 균열이라고 할 수 있다. 하지만 캠핑은 부처의 출가도, 도연명의 귀거래歸去來도 아니다. 산악인의 바람막이도 유목민의 천막도 아니다. 그것은 건축과 해체와 이동이 자유로운 도시인의 집이다. 이 가볍고 자유로운 집의 터는 특별한 연고 없이 우발적으로 선택되며 흔적 없이 지워진다. 마치 한 페이지와 다른 페이지가 인과성 없이 이어지며 여행하는 인터넷과 흡사하다. 오늘날의 캠핑이 스마트폰과 인스타그램과 페이스북으로 도시 세계와 실시간으로 연결되어 있다는 점을 생각하면 더 그렇다.

텐트는 자연에 건설된 도시인의 일회용 혹은 일인용 집이다. 이중삼중의 열쇠를 걸어잠근 아파트의 주인인 당신이 이 얇은 벽을 두른 낯선 숲, 깊은 산속의 밤이 두렵지 않은 것은 이 때문이다. 텐트는 오늘날 자연이라 불리는 많은 것이 실은 도시 문명의 확장된 가상 공간이라는 사실을 암시한다. 더이상 '자연'은 없다.

트렌치코트 trench coat
: 가을을 부르는 클래식 아이템

아침저녁으로 서늘한 바람이 불어온다. 어느새 가로수 잎사귀는 노란 빛깔로 물들기 시작한다. 도시의 가을은 자연의 움직임만으로 찾아오지는 않는다. 무엇보다도 '가을 남녀'가 거리를 걷고 있어야 한다.

트렌치코트는 도시인을 가을남자 혹은 가을여자로 변화시키는 사물이다. 남자건 여자건, 다리가 긴 사람이건 풍채가 있는 사람이건, 젊은이건 노인이건 상관없이 이 사물을 걸친 효과는 분명하며 방향은 일관되다. 도시에 우수를 불러들이는 것이다.

트렌치코트에도 다양한 종류가 있다. 색깔부터 가지각색인데, 버버리코트라는 대명사가 된 베이지부터 네이비와 블랙이 기본이며, 레드나 옐로 같은 것들도 있다. 버튼의 크기나 개수, 길이 등으로 차이를 만들 수 있는 것은 물론이다. 그러나 트렌치코트는 상대적으로 형식의 통일성이 강조되는 옷이다. 어떻게 변주를 하든지 우리는 거리에서 이 옷의 주인공이 지나가면 그가 '가을 옷'을 입었음을 안다.

트렌치는 전쟁터의 참호를 뜻하는 말이다. 이 사물의 기본 형태가 방수·방한용 군복에서 나왔다는 사실을 암시한다. 트렌치코트를 걸친 사람에게서 언뜻 영화 속 영국군이나 독일군 장교를 떠올리게 되는 것도 이 때문이다. 이 옷을 입고 허리끈을 질끈 동여맨 남녀에게서 느껴지는 프로페셔널한 이미지도 군복이나 유니폼에 스민 이미지와 관련이 있다. 주목할 점은 다양한 종류의 트렌치코트들이 불러일으키는 일관된 가을 환기력이다.

하지만 이 사물의 우수에는 처량함이나 자유분방함과는 구별되는 도시적 절제력이 전제되어 있다. 트렌치코트가 도시적 클래식classic 아이템이기 때문이다. 클래식은 원형 또는 완성형 폼이라는 뜻이다. 클래식 아이템은 변주에도 불구하고 본래의 폼에서 흐트러지지 않는다. 여기에서 차이와 변주는 질서의 또 다른 생산물이다.

플라톤은 참된 인식을 기하학의 진리에 견주면서, 우리는 경험세계 속의 삼각형이 아니라 가장 삼각형다운 삼각형의 원형idea을 발견해야 한다고 말했다. 그에 따르면 원형은 육체의 눈이 아니라 지성의 눈으로만 볼 수 있고 발견할 수 있다. 개별 사물의 바닥으로 깊이 침잠하여 모든 개별성을 수용할 수 있는 원리를 포착하는 것. 트렌치코트는 패션 아이템도 클래식 스타일이 될 때 기하학과 다르지 않은 방법론을 따른다는 사실을 보여주는 예다.

팝콘 popcorn
: 고소하고 달콤한 4D 극장

팝콘은 누구나 즐겨 먹는 대중적 기호 식품이지만 극장이라는 한정된 장소에서 집중적으로 소비된다는 점에서 특이하다. 이 사물은 음식이라기보다는 극장의 오브제처럼 느껴진다. 어느 멀티플렉스 극장에 가도 자동 티켓 판매기에 입장권과 팝콘을 묶어 파는 패키지가 있다. 자동차를 살 때 선루프나 타이어 휠 같은 선택 사항, 그러나 선택하지 않기에는 무언가 많이 허전해서 구입할 수밖에 없게 만드는 '옵션'이 되었다는 말이다.

왜 수많은 음식 중에 하필 팝콘인가. 팝콘이라는 말은 본래 옥수수의 한 품종을 가리킨다. 이 품종의 옥수수는 작고 단단한 알갱이를 가졌는데, 그 특성으로 인해 섭씨 200도 정도의 열을 가하면 알갱이 내부에 압력을 품고 있다가 폭발한다. 폭발한 알갱이의 크기는 자그만치 원래 알갱이의 30~40배다! '튀긴 옥수수'를 처음 서양에 소개한 이는 중부 아메리카의 원주민들이다. 그들이 이 사물을 미래를 점치는 예언적 아이템으로 삼기도 했던 까닭이 짐작된다. 알갱이에서 '잠재된 미래'가 폭죽처럼 수십 배가 되어 튀어나오니 말이다.

흔히들 영화를 '꿈의 무대'라고 말한다. SF영화가 아니더라도 극장의 스크린은 온갖 몽상과 무의식을 상연하는 환상의 무대다. 프로이트는 꿈을 의식의 통제 아래 억압되었던 과거가 더이상 내적 압력을 견디지 못하고 왜곡된 이미지의 형상으로 폭발하는 무의식의 무대라고 보았다. 예술가나 철학자들 중에는 명멸하는 영화 필름의 이미지에서 인간과 세계의 억압된 과거, 감추어진 현재, 아직 오지 않은 미래의 실루엣을 보는 이들이 적지 않다.

극장에서 팝콘을 쥔 관객의 손은 스크린의 호흡에 따라 비슷한 속도로 운동한다. 스크린에 튀어나온 이미지들과 톡톡 튀는 팝콘의 형상이 품은 무의식은 어딘가 닮아 있다. 최근에는 스크린과 관객의 몸-좌석이 구조적으로 연동하는 4D 상영관까지 등장했다. 팝콘을 쥔 손은 이미 오래전부터 고소하고 달콤한 4D 영화관을 실현하고 있던 게 아닐까.

포스트잇 Post-it
: 포스트모던적 노트

오늘날 세계 도시인의 책상, 특히 사무실에서 가장 많이 사용되는 사각형 사물이 있다면 무엇일까. 수첩일까 노트일까 아니면 책일까. 물론 컴퓨터도 책상도 사각형이다. 그러나 아주 가볍고 작은 사각형 사물이 또 있다. 포스트잇이다.

아마 당신의 정면 컴퓨터 모니터 위에도, 벽면 여기저기나 책갈피 사이에도 작고 노란 사각형이 한두 개씩은 붙어 있을 것이다. 어떤 사람의 메모판에는 훨씬 더 많은 사각형이 붙어 있다. 책 페이지마다 이 작은 사물이 붙어 있는 경우도 있다. 흥미로운 것은 이 작은 노트가 다음날 전혀 예상치 못한 곳, 예를 들자면 동료의 캘린더라든가 부모님 집의 냉장고 위로 이

동해 있을 수 있다는 사실이다. 이 위치 이동은 오늘의 문명에 관해 시사하는 바가 있다.

여러 색깔과 크기의 다양한 포스트잇이 있지만, 오리지널은 특허품으로서 미국 3M사의 상품이다. 원래 포스트잇은 스카치테이프로 유명한 회사 3M의 강력접착제 개발 프로젝트 중 '실패작'이었다. 실패작이라는 말에 주목하라. 이 사물이 본래는 잘 '붙이기' 위해 만들어졌으나, 아이러니하게도 잘 '떨어진다'는 속성으로 성공한 아이템이라는 말이다. 주목할 점은 그냥 떨어지는 것이 아니라 매우 '잘' 떨어진다는 사실이다. 붙었던 것이 흔적도 없이 떨어진다. 그러고 나서도 다시 다른 곳에 붙을 수 있는 접착력을 유지한다.

포스트잇의 광범위한 쓰임은 단순한 사무용품의 기능성을 넘어서 오늘날 문명 지식의 특성에 시사점을 준다. 간단히 말해 이 사물은 단단하고 고정적인 문명세계에서 가변적이고 유동적인 세계로, 중심 있는 세계에서 중심이 없거나 중심이 분산된 세계로 전환되는 문명의 현 시각을 암시한다.

포스트잇의 발명 시기와 널리 상용화된 시기 사이에 간격이 있음은 이 점에서 눈여겨볼 대목이다. 이 사물은 본래 1970년대에 발명되었으나 그 당시에는 접착력이 부족한 실패작으로 치부되었고 오랫동안 창고 안에 사장된 물건이었다. 이 사물이 일반적 메모지로 널리 상용화된 것은 한참이 지난 1990년대 이후의 일이다.

포스트잇의 발명과 상용화 사이에 난 이 간격은 전 세계가 뚜렷한 정치적 이데올로기와 가치 체계로 양분되던 냉전시대의 몰락과 일치한다. 물론 더 근본적인 차원에서 보자면 이 사물의 출현은 지식을 둘러싼 근대와 현대의 상황 차이에 연관되는 면이 있다.

현대적 지식 상황이란 무엇인가. 전통사회에서는 문자 기록이나 지식의 생산에 분명한 저작권자가 있었다. 한번 쓰인 기록이나 책은 변형되지 않은 채 그 내용이 영구적으로 남는다. 예컨대 조선왕조실록은 사관의 엄격한 고유 권한으로서 왕조차 수정할 수 없는 것이었다. 전통사회의 경전들은 불변하는 진리의 형상으로 지금까지 전승되었다. 경전으로 분류되는 책은 성직자가 아니면 손도 댈 수 없던 시절도 있었다. 이에 대한 해석조차 해석자의 권위가 절대적이어서 함부로 논의될 수 없었다. 성경에 대한 비판적 해석이 금지되었던 서양뿐만 아니라, 동양에서 사서오경의 권위에 도전하는 2차 해석을 했다는 이유로 가문이 몰살되는 일도 드물지 않았다. 이런 현상은 모든 지식은 최초의 정신적 기원을 보존하고 원형 그대로 유통시킬 수 있다는 절대성에 대한 믿음에서 비롯된다.

반면 포스트잇을 보라. 이 기록물은 어디에나 쉽게 붙였다가 흔적 없이 떼어낼 수 있다. 한 사물에 붙은 메모는 다른 공간 다른 성격의 사물로 이동할 수 있고, 한 메모 위에는 다른 시각 다른 맥락에서 발상된 여러 정보들이 덧붙을 수 있다. 전화번호를 포스트잇에 적어서 엄마에게 건넨 일이 있었는데, 그날 건넸던 포스트잇에 엄마의 손글씨로 쓰인 몇 개의 다른 전화번호들이 첨가된 채 냉장고 위에 붙어 있는 걸 본 적이 있다. 여러 공간에서 여러 손글씨로, 다른 맥락으로 첨가된 전화번호들이 적힌 하나의 메모지, 이것이 바로 포스트잇이다. 이 사물은 하나의 노트가 아니라 서로 다른 맥락과 관점과 주체에 의해 수정되고 가필된 노트들의 뭉치이다.

종으로 보면 잡종이고 책으로 치자면 고유 저자의 죽음이다. 최초의 기원이 사후 다른 것의 개입에 의해 뒤섞였다는 점에서는 '오염된' 기록이다. 개인이 아니라 다중적 세계를 암시하며, 정주가 아니라 유목하는 세계를 암시한다. 그렇다면 포스트잇을 현대의 극단, 현대 이후 세계의 특성을 반영하는 사물이라고 할 수 있지 않을까. 이런 점에서 계몽주의자들의 백과사전과는 전혀 다른 방식으로 만들어지는 집단 지성 백과사전 위키피디아의 출현을 포스트잇의 웹 버전이라고 할 수 있을 것이다. 저자의 고유한 권위나 집필자 개인의 지적 능력, 기록된 지식의 영구불변성에 기대지 않고 집단적이며 어디에서나 접속하여 가필할 수 있다. 지식의 유통은 훨씬 더 자유롭고 광범위한 방식으로 퍼져나간다.

2,500년 전 플라톤은 문자를 현장에서 목소리를 통해 발화되는 말과 달리 '순수한 진리'를 위협하는 불순한 언어로 보고 비난한 일이 있다. 말은 그 현장에서 당사자의 목소리를 통해 직접 전달되므로 정확하지만, 문자는 기록 당사자가 없는 곳에서 유통되므로 원저자의 의도를 왜곡할 수 있다는 것이다. 플라톤식의 이러한 염려 때문에 기록된 문자 지식의 원형을 지키려는 노력이 오랫동안 완고하게 진행되어왔는지 모르겠다. 하지만 오늘날 일련의 철학적 사유들에 따르면 지식은 출현하는 그 순간부터 고유한 원형으로 존재할 수 없는 운명이다. 지식은 고정된 의미로 보존될 수 없으며 사후적 해석과 다른 생각의 개입에 의해 오염되고 변형된다. 지식의 유통 자체가 잡종적인 것으로의 전이이고, 지식은 다른 지식과 섞이고 교배되면서 변모한다. 포스트잇의 기록이 사후에 수정되고 가필되며 이동하는 것처럼 지식은 완료되거나 확정될 수 없다. 폭발적인 정보의 장인 유튜브시대의 도래는 포스트-포스트잇시대를 보여준다. 이 정보의 장에서 가장 많이 유통되는 정보는 소스의 원형이 아니라 엄청나게 다양한 방식으로 해체되고 재조립된

소스의 가공물들이다.

이런 상황이 의미하는 것은 무엇인가? 간단하다. 지식-앎-정보의 사후 가공적 속성을 '정상적인 것'으로 보아야 한다는 사실이다. 정보의 세계에서 변질과 오염과 교배와 잡종은 타락이 아니라 생성이다.

포클레인 Poclain
: 도시의 회의하는 기린

일정 수준 이상의 도시화를 이룬 사회에서 이 사물을 거리에서 매일매일 보는 것은 특이한 일이다. 고도의 도시화가 진척되었고 '완료'되었지만 서울은 여전히 공사중인 도시다. 전 국토는 전후 복구 사업을 하듯이 늘 작전 같은 '건설'이 진행중이다. 문명화된 세계에서 건설이란 무엇인가. 그것은 공터나 사막 위에 집을 짓는 간단한 테트리스가 아니다. '재개발'하기 위해서는 이전의 삶을 허물고 묻어야 한다. 역사는 골동품이 되며, 과거는 낡은 것이 되고, 원주민은 외부인으로 밀려나기 일쑤다. 재개발 지구의 공사는 보듬고 다독이기보다는 점령군처럼 무례하고 거만한 표정을 하고 있는 경우가 많다. 오늘날 이런 식의 도시적 장례에서는 삶에 대한 존중과 애도를 찾기 힘들다. 요즘에는 원주민마저도 자기 터전을 존중하지 않는 경우가 허다하다.

포클레인은 이런 일련의 건설 과정에 전면적으로 배치되는 군대 같은 사물이다. 이 사물은 오늘도 무심히 콘크리트 도심의 잔해들을 파헤치며, 땅을 긁어내고, 과거가 되어버릴 도시적 시간의 단층 위에 새로운 마천루를 쌓아올리는 데 열중한다. 이 마천루의 관행은 시간을 지층처럼 퇴적시키지 않는다. 역사와 생활을 부정한다. 움직이는 이 사물의 팔은 뒤를 돌아보지 않는 직선 의지로 충만하다. 운동하는 포클레인에는 회의懷疑하는 자의 표정도 뒤척임의 그늘도 존재하지 않는다. 도시의 사물들 중에는 현대적 삶의 이념과 욕망을 극단적으로 관철시키는 것들이 있다. 맹목적 믿음과 신화적 열광으로 충만하다는 점에서 이런 사물들은 도구 이상의 차원으로 승화되어 있다. 포클레인은 도시의 애도 없는 장례에 쓰이는 제의적인 사물이다. 흡사 예수가 사라진 기도원의 열광적이면서도 공허한 표정을 보는 것 같기도 하다.

그런데 혹시 정지해 있는 포클레인을 쳐다본 적 있는가. 오전의 맹목적 노동을 멈추고 점심시간에 잠시 멍하니 서 있는 포클레인을 본 적이 있다. 그때 포클레인은 무언가를 무례하게 제사지내기 위해 날카로운 이빨을 드러내며 큰 팔을 치켜든 사물이 아니었다. 그것은 기린과 같은 실루엣으로 긴 목을 드리우며 물끄러미 서 있었다. 긴 목은 '길게 생각하는 머리' 같았다. 쇠팔과 쇠이빨의 직선적인 단호함은 회의하고 사색하는 곡선의 목으로 바뀌어 있었다.

충분히 강력한 힘을 보유한 이들에게 진정으로 필요한 것은 무쇠같이 돌진하는 직선이 아니라 기린의 목처럼 회의할 줄 아는 곡선이다. 이 곡선은 부정적 능력이 아니라 부드럽고 사려 깊은 가능성이다. 다른 방향으로 길을 낼 줄 아는 새로운 능력이다. 마틴 루터 킹 목사는 속도보다 중요한 것이 방향이라고 말했다.

후 추 통 pepper shaker
: 개별성이 살아 있는 구멍들

후추는 향료지만 향수나 화장품이 아니다. '먹는 향료'다. 후각을 자극하기 위해 이 향료는 최대한 기체(냄새)에 가까운 형태가 되어야 한다. 그래서 후추 열매는 미세한 가루로 만든다. 휘발되는 기체가 매우 가볍고 미세한 분자 알갱이들로 구성된 것처럼.

먹는 향료는 다른 음식물에 '묻혀' 먹는다. 사람들은 본 요리에 후추를 뿌린다고 생각하지만 후추의 관점에서는 묻힐 음식이 필요한 것이다. 이때 중요한 점은 향료가 음식물에 고르게 퍼져야 한다는 것이다. 후춧가루는 음식물의 특정 부위에 덩어리로 뭉치면 안 된다. 알갱이 하나하나가 균등하고 개별적으로

'살아 있어야' 한다.

뿌리는 요리 도구를 드레저dredger라고 부른다. 드레저에 담는 대상은 밀가루, 설탕, 소금 등 여러 가지다. 후추통은 그중에서도 남다르다. 요리사에게 후추통은 손으로 뿌리는 식으로 대체할 수 있는 부수적인 도구가 아니다. 손으로 직접 뿌리기에 후춧가루는 지나치게 미세하다. 골고루 기체처럼 휘날리게 하기 위해서 후추통은 여러 구멍들로 만들어져 있다.

통후추가 아니더라도 후추는 설탕이나 소금처럼 뿌린 음식물에 알갱이가 녹아 사라지지 않는다. 커피에 탄 설탕은 커피 '속'으로 사라진다. 설탕 알갱이들 낱낱의 존재 형식은 중요하지 않다. 설탕통이나 소금통이 후추통의 형상으로 존재할 필연적 이유는 없다는 뜻이다. 반면 스테이크 위에 뿌리는 후추에서 후추통은 중요하다. 요리부터 식사가 끝나는 순간까지 흑갈색 알갱이들이 개별성을 유지한 채 음식물 표면에 붙어 향을 풍긴다. 낱낱의 알갱이들은 골고루 퍼져서 먹는 이의 눈에도 입에도 고스란히 살아 있다. 스프 위 후추 알갱이들은 녹지 않고 떠 있다. 후추통의 구멍들이 그것을 가능하게 한다.

철학자 헤겔은 대상들의 결합 유형에 세 가지 형식이 있다고 봤다. A와 B가 그대로 두 개의 개별성으로 남는 기계적 결합. 개별성이 사라져 새로운 존재 변이가 일어난 화학적 결합.

개별성이 살아 있으면서 플러스알파, 이른바 시너지 효과가 생기는 유기적 결합.

개별성이 존중되면서도 창의성이 확장된 전체, 개인이 존중되면서도 높은 수준의 활력이 넘치는 공동 공간을 만드는 일은 어떻게 가능할까. 후추통의 구멍들을 문득 골똘히 쳐다본 점심시간이다.

■ Epilogue

작은 것들에 관한 글쓰기

ㅡ 개정판에 부쳐

'사물의 철학'을 처음 『매일경제』에 연재했던 것이 2013년이었으니 지금으로부터 정확히 10년 전이다. 원고는 3년간의 연재를 끝내고 2015년 『사물의 철학』이라는 이름의 책으로 첫 출간되었고, 이후 내용들을 더하여 2018년 『코끼리를 삼킨 사물들』이라는 제목의 후속작을 출간하였다.

이 특이한 방식의 글쓰기는 당시 한국사회의 지적·사회적 상황에 대한 나의 문제의식에서 비롯되었다. 그때나 지금이나 한국사회는 합의할 만한 공동체적 비전이나 사회적 가치의 부재로 인해 내전이나 다름없는 사회적 갈등을 겪고 있다. 사회적 신뢰와 상호 이해가 부재한 곳에서는 타인의 의견에 귀기

울이는 풍토가 조성되기 어렵다. 신문 칼럼이었지만 사회적 이슈들에 내 의견을 직접 피력하기보다는 독자들이 편견 없는 생각의 힘을 키워나가는 데 도움이 되는 글쓰기를 해야겠다고 마음먹었던 것은 그 때문이다. 정보가 아니라 지혜를, 지식이 아니라 관점을 키워나가는 훈련을 일상 경험에 대한 성찰로 실행해보는 글쓰기. 이것이 내가 목표로 했던 『사물의 철학』이었다.

다행스럽게도 이 책은 조용하지만 뚜렷한 반향을 불러일으켰고, 일상적이고 친근한 글쓰기를 통해 나는 문학평론가에서 독자들의 생각 훈련을 돕는 '작가'로 성장할 수 있었다. 『사물의 철학』은 인문학자의 전형적 글쓰기 틀에서 저자인 나 스스로를 해방시키는 계기가 되기도 했던 것이다. 삶의 일상성에 관한 관심을 지속하고 확대하여 시간에 관한 사유를 담은 글쓰기를 해나갔고, 이 원고를 묶어 2021년에는 『순간의 철학』을 출간할 수 있었다.

'시간'이라는 주제가 지닌 추상성으로 인해 출간에 9년이 걸릴 만큼 아주 더디고 촘촘하게 진행되었던 이 원고의 집필 과정은 보람찬 것이었지만, 아이러니한 면을 동시에 지니기도 했다. 시간에 관한 집중력 있는 사유를 진행하면서, 구체성을 지닌 일상 사물에 관해 더 이야기해보고 싶다는 갈망을 역으로 확인하기도 했기 때문이다. 이 갈망은 10여 년 전 출간된 『사물의 철학』을 이 시점의 감각으로 다시 써보고 싶다는 마음과 다르지 않았다. 감사하게도 난다에서 『순간의 철학』을 더 잘 이해하기 위해서라도 『사물의 철학』을 나란히 출간함으로써 저자의 사색 전모를 보여주는 것이 필요하다는 생각과 개정판을 재출간하고 싶다는 의견을 흔쾌히 수용해주었다.

나날이 축소되어가는 출판 시장에서 이런 종류 책의 개정판 출간을 결정하는 일은 쉽지 않았을 것이다. 재출간을 허락해준 출판사와 이 책을 사랑해주신 독자의 마음에 보답하기 위해서라도, 그리고 아직 이 책을 만나보지 못한 미래의 독자를 위해서라도 처음 원고를 쓰던 당시의 설레는 마음을 상기하면서 사물의 온기를 새롭게 느끼고 문장을 예민하게 벼리는 일에 집중하였다. 지금 보니 성글었던 감각과 협소했던 시야가 발견되기도 한다. 10년의 시간이 성장을 그 자체로 보장하는 것은 아니지만 최대한 부끄러운 지점들을 보완해보려고 노력하였다.

애초에 매우 짧은 분량으로 쓰인 이 편린들은 생각의 완료형을 지향한 것이 아니라 새로운 촉발을 의도한 것들이다. 개정판이지만 영감을 촉발시키는 책이 되기를 바란다는 점에서 이 책이 여전히 '새로운 책'이었으면 하는 마음이다. 개정판 출간을 기점으로 『사물의 철학』과 『순간의 철학』을 하나로 종합하는 '사색의 글쓰기 학교'를 만들어보려는 기획도 해보고 있다. 처음 출간 당시의 나와 지금의 내 형편은 매우 달라졌다. 대학의 강의실과 연구실을 중심으로 강의와 집필을 해오던 나는, 이제 대학 공간을 벗어나 전혀 다른 공간에서 삶을 꾸리고 글을 쓰는 사람이 되었다. 극적으로 변화해간 내 삶의 이력에서 어쩌면 이 책을 처음 출간하던 그때의 문제의식이 분기점이 된 듯도 하다. 좀더 삶의 구체적 현장 속으로 스며들고 싶었던 것이다.

기쁜 마음으로 작업에 즐겁게 참여해주신 난다의 대표 김민정님과 에디터 김동휘님에게 깊은 감사 말씀을 드린다. 개정판 후기를 쓰는 이곳은 내가 운영하는 제주의 작은 책방이다. 겨울 바닷가 바람이 세차지만 나는 다시 가슴이 뛴다.

2023년 제주 구좌읍 세화해변 책방 시타북빠에서

함돈균

사물의 철학

초판 1쇄 인쇄 2023년 4월 1일
초판 1쇄 발행 2023년 4월 12일

지은이 함돈균
펴낸이 김민정
책임편집 김동휘 **편집** 유성원 권현승
디자인 이현정
저작권 박지영 형소진 오서영
마케팅 정민호 이숙재 박치우 한민아 이민경 박진희 정경주 정유선 김수인
브랜딩 함유지 함근아 박민재 김희숙 고보미 정승민
제작 강신은 김동욱 임현식
제작처 더블비(인쇄) 경일제책(제본)

펴낸곳 난다
출판등록 2016년 8월 25일 제406-2016-000108호
주소 10881 경기도 파주시 회동길 210
전자우편 nandatoogo@gmail.com
페이스북 @nandaisart **인스타그램** @nandaisart
문의전화 031) 955-8875(편집) 031) 955-2689(마케팅) 031) 955-8855(팩스)
문학동네카페 http://cafe.naver.com/mhdn **트위터** @munhakdongne
북클럽문학동네 http://bookclubmunhak.com

ISBN 979-11-91859-50-8 03810